Hendrik Nachtsheim

Leo Leichtsinn

Ein prima Entenvater
und andere Geschichten

mit Zeichnungen von Frank Deisel

bioverlag gesundleben, 8959 Hopferau

ISBN 3-922434-32-0

1. Auflage
1.-10. Tausend

Satz: Fotosatzstudio Fischer, 8959 Hopferau-Heimen

Druck und Bindung: Kösel, Kempten

Inhaltsverzeichnis

Das sogenannte Vorwort

Hendrik: "Hallo, Du Leseratte! Jetzt gibt es also schon das zweite Buch über Leo Leichtsinn, und so wie es aussieht, wird es wohl nicht das letzte sein. Denn von Leo gibt es immer eine Menge zu erzählen. Na ja, kein Wunder bei all dem, was dieses Kerlchen so erlebt.
Wenn Du Leo schon vom ersten Buch her kennst, dann kannst Du die folgenden Zeilen getrost überspringen. Solltest Du aber noch nichts von ihm wissen, dann erzähl ich Dir mal kurz das Wichtigste, damit Du ihn etwas besser kennenlernst.
Also, der Leo heißt genau genommen eigentlich Leopold, aber das klingt so furchtbar erwachsen – und deswegen nennt ihn auch niemand so. Leo ist zehn Jahre alt und lebt in Dreilinden, das ist in der Nähe von Frankfurt. Dort wohnt er mit seinen Eltern, Horst und Ingeborg Leichtsinn, sowie seiner Oma Olga in einem kleinen Haus am Stadtrand."

Leo: "Hallo, Hendrik!"

Hendrik: "Ach, Leo, wo kommst Du denn her? Grade erzähl ich der Leseratte von Dir."

Leo: “Ja, ja, ich hab heimlich gelauscht. Laß Dich nicht stören.”

Hendrik: “Ähm ... ja ... danke. Also, wo war ich stehengeblieben?”

Leo: “Am Stadtrand!”

Hendrik: “Wie bitte?”

Leo: “Du hast von unserem Haus am Stadtrand erzählt.”

Hendrik: “Ja genau, jetzt weiß ich es wieder. Also dort leben die Leichtsinns.”

Leo: “Du hast aber jemanden vergessen.”

Hendrik: “Leo, Du wolltest mich doch nicht unterbrechen.”

Leo: “Tschuldigung.”

Hendrik: “Ähm ... dort also leben die Leichtsinns.”

Leo: “Wollknäul!”

Hendrik: “Wie?”

Leo: “Du hast Wollknäul vergessen.”

Hendrik: “Oha, Du hast recht. Wollknäul ist nämlich Leos Hund.”

Leo: “Ein echter Huperdupersuper–Hund!”

Hendrik: “Leo!”

Leo: “Tschuldigung.”

Hendrik: “So viel also zu den Leichtsinns. Damit Du übrigens weißt, wie sie aussehen, kommt noch ein Bild von allen.”

Leo: “Bin ich da auch drauf?”

Hendrik: “Ja, Du Störenfried.”
Leo: “Tschuldigung.”
Hendrik: “Bleibt noch zu sagen, daß unser Titelheld ein totaler Sportfan ist und in die fünfte Klasse geht. Sein bester Freund ist der lange

Das ist Familie Leichtsinn: Oma Olga, Vater Horst, Mutter Ingeborg, Leo und... natürlich Wollknäul!

Edgar, der nur ein paar Häuser weiter wohnt, mit ihm in die gleiche Klasse geht und ..."

Leo: "Hast Du eben wirklich 'Held' gesagt?"

Hendrik: "Ja, aber das hab ich nur so gesagt. Natürlich bist Du kein wirklicher Held, denn Du bist schließlich ein ganz normaler zehnjähriger Junge."

Leo: "So?"

Hendrik: "Ja, Du Nervensäge!"

Leo (schmollt): "Tschuldigung. Ich sag ja schon nichts mehr."

Hendrik: "Komm, jetzt sei doch nicht gleich beleidigt. So ein Vorwort kann schließlich nicht ewig dauern, und deswegen hör ich jetzt einfach damit auf. Es gibt ja noch genug zu erzählen."

Ein prima Entenvater

"Super–Huper–Duper–Wetter!" jauchzte Leo, als er aus dem Schulgebäude trat. Damit wollte er auf seine Art ausdrücken, wie sehr der wolkenfreie Himmel und die strahlende Sonne nach seinem Geschmack waren. Übermütig kniff er Edgar in den Bauch und flitzte los.

"Na warte, Rache ist Blutwurst!" Sofort rannte sein langer, dünner Freund hinter ihm her. An den Fahrradständern gab Leo lachend auf. Aber Edgar hatte einen knallroten Kopf und war von diesem Spurt viel zu erschöpft, um Leo den Kniff heimzuzahlen.

"Das..das kriegste noch zurück", schnaufte er, "irgendwann mal, wenn du nicht dran denkst!"

"Ist in Ordnung". Leo feixte ihn an. Dann schaute er wieder hoch in den herrlichen, wolkenfreien Himmel. "Also nach Hause will ich bei dem Wetter noch nicht. Außerdem rechnen die daheim sowieso noch nicht mit mir, wo doch die letzte Stunde ausgefallen ist. Was meinst du?"

Edgar nickte. Für ihn galt das ja auch, denn beide gingen in eine Klasse, nämlich in die 5c.

“Wir könnten noch für eine Stunde in den Park gehen, ein bißchen die Lage peilen”, schlug der Lange vor.

“Eine Super–Huper–Duper–Idee! Da haben wir’s ja auch nicht mehr weit bis nach Hause!”

“Du mit deinem Super–Huper–Duper...” Edgar grinste. Die beiden Freunde schlossen ihre Räder auf, schoben sie zum Schultor hinaus, und ab ging die Post. Als sie am Park ankamen, hörten sie schon am Eingang lautes Gebrüll und Geschnatter. Rasch schlossen sie ihre Räder ab.

“Das kommt doch vom Entenweiher.” Leo sah Edgar fragend an. “Was da wohl los ist? Um diese Uhrzeit sind doch im Park kaum Leute?”

“Ich würde sagen, nix wie hin!” Nach ein paar hundert Metern hatten sie den kleinen Teich erreicht.

Die beiden glaubten ihren Augen nicht zu trauen. Da standen am Rand des Weihers vier Jungen und warfen mit Kieselsteinen nach den Enten, die aufgeregt hin und her schwammen. Eine ältere Dame, die daneben stand, schimpfte und versuchte, die Jungen davon abzuhalten. Doch die lachten nur und stießen sie einfach weg.

“Ja seid ihr denn plemplem?!” schrie Leo aufgebracht “Was haben euch die Tiere denn

Da standen am Rand des Weihers vier Jungen und warfen mit Kieselsteinen nach den Enten.

getan?"

Sofort hörten die vier Steinewerfer auf und drehten sich zu ihnen um. Jetzt erst sahen die beiden, daß diese Kerle alle mindestens drei, vier Jahre älter waren als sie selbst. Einer von ihnen hatte knallrote Haare und war wohl sowas wie der Anführer. Herausfordernd grinste er sie an. Dabei stellte Leo fest, daß er mindestens drei Zahnlücken hatte, was irgendwie furchterregend aussah.

“Ich möchte nicht wissen, wieviel Tonnen Bonbons der in seinem Leben schon verdrückt hat, so wie dessen Zähne aussehen”, dachte er. Doch zum Nachdenken war jetzt nicht der richtige Zeitpunkt, denn schon kam dieser Typ auf ihn zu und blieb einen halben Meter vor ihm stehen. Dann fragte er Leo mit knarriger Stimme:

“Hast du hier auch was zu melden, du Wicht?”

“Hast du hier auch was zu melden, du Wicht?”

Leo räusperte sich und nahm seinen ganzen Mut zusammen.

“Ich möchte mal wissen, warum ihr Steine nach den Enten werft? Das ist Tierquälerei. Und die alte Dame habt ihr auch rumgestumpt.”

Der Rothaarige lachte scheppernd wie ein alter Kochtopfdeckel, der auf den Fußboden gefallen war.

“Hähä, wir schmeißen Steine nach den komischen Pillhühnern, weil es uns Spaß macht. Und die Alte da...”, er deutete mit dem Daumen auf die Frau, die kreidebleich und fassungslos vor Wut die Szene beobachtete, ”...die soll gefälligst abzischen. Die geht uns nämlich schwer auf den Wecker!”

“Ihr habt ja nicht mehr alle Tassen im Schrank!”

Das war Edgar gewesen, es war ihm einfach so rausgerutscht. Hätte er doch lieber seinen Mund gehalten. Sicher, irgendwie hatte er ja recht. Aber das nutzte ihm jetzt nicht viel. Sofort ließ der Anführer Leo stehen und baute sich vor Edgar auf.

“Wer bist du denn, du dürres Klappergestell, hm?” zischte er Leos Freund an. Dem Langen schien jetzt alles egal zu sein. Erstaunlich mutig antwortete er:

“Ich bin der liebe Edgar, und ich finde es ganz schön feige, wenn jemand auf Enten oder alte Frauen losgeht.”

Boing – das wirkte. Der Rothaarige schaute ihn verblüfft an, so eine Antwort hatte er nicht erwartet. Wäre er alleine gewesen, hätte er sich mit größter Wahrscheinlichkeit verdrückt. Aber da waren noch die anderen drei Jungen, die jetzt langsam näher kamen.

“Wirste schon sehen, auf wen wir jetzt losgehen”, sagte einer mit Meckischnitt und schaute fragend zu seinem Chef. “Oder nicht Peter?”

Dieser nickte kurz. Tja, und was dann passierte, ist schnell erzählt. Ehe sich Leo und Edgar überhaupt besinnen konnten, wurden sie von je zwei Burschen gepackt und halsüberkopf in den Weiher geworfen. Dann rannten die vier Übeltäter lachend davon.

Oje, das war ein trauriges Bild, als die beiden Freunde da zwischen aufgescheuchten Enten und Seerosen auftauchten und langsam ans Ufer schwammen. Die alte Dame hatte alles entsetzt verfolgt und half ihnen jetzt aus dem Wasser. Als Leo sah, daß sie ihm in ihrer Verzweiflung ein winziges Taschentüchlein zum Abtrocknen anbot, mußte er trotz allem lächeln. Und als er dann noch Edgar anschaute, der wie ein begossener Pudel vor ihm stand und auf dem Kopf eine Seerose wie ein Mützchen trug, da brach er in richtiges Gelächter aus. Edgar verstand überhaupt nichts mehr und war sicher, daß Leo nach dem Sturz in den Teich verrückt geworden war.

Edgar stand vor ihm wie ein begossener Pudel mit Mützchen auf dem Kopf

“Ist alles okay mit dir, Leo?” fragte er besorgt.

“Ja, alles okay”, lachte Leo.

Die alte Dame hatte nun auch ihre Sprache wiedergefunden.

“Das war wirklich mutig von euch, wie ihr eingegriffen habt, wirklich mutig. Wer weiß, vielleicht hätten sie sonst noch eine der Enten mit ihren Steinen getroffen!”

Leo warf einen Blick auf den Teich. Nein, es war ihnen anscheinend nichts passiert, denn alle Enten, es waren ungefähr dreißig an der Zahl, schwammen munter auf dem Wasser herum. Das heißt... nein, nicht alle. Eine besonders schöne Ente mit hellem Kopf war seit dem unfreiwilligen Bad der beiden nicht mehr von Leos Seite gewichen. Sie war mit ihm ans Ufer geschwommen und mit ihm aus dem Wasser gestiegen. Nun saß sie in zwei Meter Entfernung im Gras und harrte der Dinge die da kamen.

Edgar stieß Leo sachte mit dem Ellenbogen an und deutete mit dem Kopf auf die Ente.

“Vielleicht glaubt sie, daß du ein besonders seltener Enterich bist, und jetzt hat sie sich in dich verliebt.” Er kicherte.

“Das heißt nicht Enterich sondern Erpel, du Pfeife. Abgesehen davon fände ich es gut, wenn wir jetzt nach Hause gehen würden. Ich will endlich raus aus den nassen Klamotten.”

Leo war leicht sauer und Edgar ganz seiner Meinung. Sie wandten sich nochmals zu der alten Frau.

“Also, auf Wiedersehen dann.”

“Auf Wiedersehen, Jungs, und nochmals vielen Dank!”

An den Fahrradständern erlebten sie ihre nächste Überraschung, und wieder war es keine besonders angenehme. Ihre Räder waren platt.

“Diese Schufte haben uns die Luft rausgelassen!” fluchte Edgar.

Leo seufzte. “Na dann los. Du weißt ja: wer sein Rad liebt,...”

“...der schiebt”, ergänzte der Lange.

Still, ohne ein weiteres Wort zu wechseln, schoben sie ihre Räder neben sich her. “Twatsch, twatsch” machte es bei jedem Schritt, und das war das Wasser in ihren Schuhen.

Edgar und Leo hatten es nun doch recht eilig, heim zu kommen und ihre Kleidung zu wechseln. So merkten sie nicht einmal, daß ihnen jemand folgte...

Zu Hause zog sich Leo, nachdem er sich gründlich abgetrocknet hatte, erst mal frische Sachen an. Dann ging er ins Wohnzimmer, wo Oma Olga saß und in eine Zeitung vertieft war.

Wer sein Rad liebt, der schiebt

Ihr Enkel ließ sich in den großen Schaukelstuhl fallen.

"Stell dir vor, Omi, was Edgar und mir heute passiert ist. Wir sind..." Bevor er zum eigentlichen Erzählen kam, wurde Leo von aufgeregtem Bellen unterbrochen. Wollknäul sprang wie von der Tarantel gestochen vor der Terrassentür hin und her und kläffte, was das Zeug hielt.

Draußen auf der Terrasse saß eine Ente

“Was ist denn mit dem Tier los?” fragte Oma Olga erstaunt.

“Keine Ahnung”, murmelte Leo und schaute aus dem Fenster.

Nanu, was war denn das? Er rieb sich die Augen.

“Das gibt’s doch nicht!”

Doch, das gab es. Draußen auf der Terrasse saß eine ausgewachsene Ente und schnatterte ihn fröhlich an.

Er erkannte sie sofort, es war die aus dem Park. Sie war ihm also bis hierher nachgewatschelt. Auch die Großmutter schaute nun aus dem Fenster.

“Seltsam, seltsam. Warum die wohl gerade zu uns gekommen ist?”

Tja, das wußte Leo auch nicht. Er mußte an Edgars spöttische Worte denken: ’Vielleicht hat sie sich in dich verliebt.’

’So ein Quatsch! Enten verlieben sich doch nicht in Menschen’ überlegte er kopfschüttelnd.

Egal, jedenfalls war sie ihm bis hierher gefolgt, und da saß sie nun. Er ging nach draußen und setzte sich in einigen Metern Abstand auf die Terrassenstufen. Doch im Nu war seine neue Bekannte bei ihm. Zögernd streckte er die Hand nach ihr aus, vielleicht würde sie ja nach ihm schnappen. Aber nichts dergleichen, die Ente ließ sich ohne weiteres von ihm streicheln. ‘Ob sie wohl einen Namen hat?’ grübelte er. ‘Unsinn, wer sollte ihr schon einen Namen gegeben haben!’

Nach kurzem Überlegen beschloß Leo, die Ente einfach Frau Müller zu nennen. Bestimmt gab es auf der ganzen Welt keine Ente, die so hieß.

Gegen Abend machte sich Frau Müller auf den Heimweg zum Ententeiher im Park. Leo fragte sich, ob sie wohl wiederkommen würde. Daß sie allerdings bereits am nächsten Morgen wieder im Garten sitzen würde, das hätte er beim besten Willen nicht geglaubt. Und von nun an kam sie tagtäglich in aller Frühe und blieb den lieben langen Tag, was sicher nicht zuletzt an dem leckeren Körnerfutter lag, das ihr neuer Freund Leo morgens immer in einem Schälchen auf die Terrasse stellte. Außerdem hatte er in der Waschküche eine alte Wanne gefunden, die er mit Wasser füllte. Jetzt mußte Frau Müller nicht einmal mehr auf das gewohnte Bad verzichten.

Das Vertrauen der Ente zur Familie Leichtsinn und deren Garten schien grenzenlos groß zu sein. Denn sonst hätte sie wohl kaum eines Tages angefangen, im Schutz der Gartenhecke ein Nest zu bauen. Und als das fertig war, legte sie elf Eier hinein.

'Das reicht genau für eine Fußballmannschaft' dachte Leo, nachdem er die Eier entdeckt und gezählt hatte. Bei dem Gedanken an elf Enten, die in Sporttrikots und Turnhosen

Bei dem Gedanken an elf fußballspielende Enten in Sporttrikots und Turnhosen mußte Leo schmunzeln

Fußball spielten, mußte er schmunzeln. Was er jedoch weniger komisch fand, war die Tatsache, daß Frau Müller abends die elf Eier Eier sein ließ und wie gewohnt zum Teich lief. So ganz nach dem Motto: *Tagsüber wird gebrütet, aber irgendwann braucht ja jeder mal seinen Feierabend!*

Es sträubte sich in ihm, hier einzugreifen. Immerhin war es eine reine Entenangelegenheit. Aber der Gedanke an die ewig hungrigen Nachbarskatzen, die Enteneier auf dem Speiseplan bestimmt nicht verschmähen würden, ließ ihm einfach keine Ruhe. Geschickt bastelte er ein Gestell aus Draht und Holz und stellte es abends, wenn sich die werdende Mutter verabschiedet hatte, über das Nest. So konnte den Eiern nichts mehr passieren.

Nach achtundzwanzig Tagen, Leo hatte genau mitgezählt, war es soweit! Es war ein Sonntagmorgen, und alle Mitglieder der Familie Leichtsinn saßen wie in einer Fernsehreklame für Margarine beim gemeinsamen Frühstück auf der Terrasse. Auf einmal begann Frau Müller aufgeregt zu schnattern.

“Ich glaube, es geht los! Die Küken kommen!” rief Leo, sprang von seinem Stuhl auf, rannte die kleine Treppe runter und sauste quer durch den Garten zur Hecke, vor der das Nest

lag. Tatsächlich hatten die ersten drei Eier schon Risse in der Schale. Es dauerte aber noch eine ganze Weile, bis die ersten Küken ausgeschlüpft waren. Immerhin war es für sie keine Kleinigkeit, mit ihren winzigen Schnäbelchen die harte Schale zu zerpicken.

Leo war begeistert, so etwas hatte er noch nie gesehen. In der Zwischenzeit hatte sich die ganze Familie um das Nest versammelt!

“Schaut doch nur, wie süß, die haben ja noch gar keine Federn!” jauchzte Leo. Der Entenmama war das ganze Trara anscheinend zu viel. Ohne jegliche Vorwarnung biß sie Herrn Leichtsinn, der barfuß herumlief, einfach in den großen Zeh.

“Aua!” schrie er erschreckt.

Frau Leichtsinn schien Frau Müllers Gründe zu ahnen.

“Ich glaube, sie will keine Zuschauer. Wir machen sie nervös.”

Um die nun immer größer werdende Entenfamilie nicht weiter zu stören, zogen sie sich wieder auf die Terrasse zurück und beobachteten das Geschehen aus sicherer Entfernung. Nach zweieinhalb Stunden waren alle elf Küken ausgeschlüpft.

Die ersten Tage und Nächte blieb Frau Müller pausenlos bei ihren Kindern. So mußte sie unter anderem die ersten Schwimmversuche ihrer Sprößlinge in der kleinen Wanne beobachten und aufpassen, daß keiner bei der Futteraufnahme zu kurz kam. Bei elf Küken war das schon ein ganz schönes Stück Arbeit für die Entenmutter.

Nach vier Tagen aber zog es sie abends doch wieder zum Parkweiher. Und da ihr die Kleinen auf Schritt und Tritt folgten, tippelten sie auch diesmal treu hinterher.

Als Leo am nächsten Tag mittags aus der Schule kam, rannte er als erstes in den Garten. Er war gespannt, ob die Familie wieder zu ihnen gekommen oder am Teich geblieben war. Er war noch nicht ganz hinten, da hörte er schon das Geschnatter. Doch als er sie erreicht hatte, stellte er zu seinem Schrecken fest, daß es nur noch acht Junge waren, die da mit der Mutter gekommen waren. Wo waren denn nur die anderen drei? Leo ahnte Schlimmes. Mit Recht.

Am Tag darauf waren es nur noch sechs Küken, dann drei, und am vierten Tag schließlich war es nur noch ein einziges Entenkind, das seiner Mutter folgte.

Oma Olga sah Leos traurige Ratlosigkeit.

“Das waren die Katzen, mein Junge. Gegen die kann sich auch die Mutter nicht wehren. Bestimmt haben sie die Enten auf dem Weg zwischen Weiher und unserem Garten überfallen. Tja Leo, die Gesetze der Tiere sind hart.” Ihr stiegen die Tränen in die Augen.

“Das letzte Küken muß einfach überleben. Es muß, muß, muß...!”

Dann kam ihm die Idee, und er fragte sich wütend, warum ihm das nicht früher eingefallen war.

Von nun an stand er jeden Morgen um viertel vor fünf auf und machte sich auf den Weg zum Weiher. Dort holte er Frau Müller und ihr Junges ab, dem er den Namen *Paula* gegeben hatte, und begleitete sie zum Leichtsinnschen Garten. Und abends machte er die gleiche Tour mit ihnen zurück.

Nun traute sich keine Katze mehr an die beiden ran. So vergingen einige Wochen, und schließlich war aus dem Entenbaby eine richtig stattliche, erwachsene Entendame geworden. Dank Leos Hilfe! Nun mußte er nicht länger

Jeden Morgen begleitete Leo Frau Müller und ihr Junges vom Weiher zum Leichtsinnschen Garten

Begleitpolizei spielen, eine ausgewachsene Ente nämlich würden die schnurrenden Räuber nicht angreifen.

Mit der Zeit hörten die Besuche von Frau Müller und Paula auf. Das soll aber nicht heißen, daß die Enten Leo plötzlich nicht mehr mochten – im Gegenteil!

Noch heute, wenn Leo in den Park an den

Weiher kommt, braucht er nur leise zu rufen. Sofort kommt dann Paula an den Rand geschwommen, watschelt auf ihn zu und schnattert ihm die Ohren voll. Was sie erzählt? Also, so ganz genau weiß Leo das nicht, aber er glaubt sie sagt:

“Weißt du was, Leo? Nächstes Jahr, da komme ich auch in euren Garten und baue dort ein Nest. Genau wie meine Mutti. Da brüte ich dann ganz viele Küken aus. Und du hilfst mir dabei, ja? Wo du doch so ein prima Entenvater bist!”

Tja, und was sagt der Leo dazu? Nichts. Der kratzt sich nur verlegen am Kopf und grinst.

Der Stacheldrahtzaun im Wald

"Wollknäul!"

"Verdammt, irgendwo muß er doch stekken!"

"Wollknäul! Los, gib Laut! Melde dich gefälligst!"

Leo und Edgar waren mit ihren Kräften langsam am Ende. Jetzt suchten sie ihn schon fast geschlagene zwei Stunden.

"Du hättest ihn doch an die Leine nehmen sollen, Leo. Dann..."

"Edgar, ich nehme Wollknäul nur an die Leine, wenn's sein muß. In der Stadt zum Beispiel. Aber gerade hier im Wald, wo er sich doch mal so richtig austoben kann, da kann ich ihn doch nicht die ganze Zeit anleinen."

"Das habe ich gesehen, wie der sich austobt", stöhnte Edgar. "Als der das Karnickel gesehen hat, ist er fast explodiert!"

Die ganze Zeit hatte sich Leos kleiner Hund mit dem lockigen Fell eigentlich ziemlich friedlich verhalten, mal hier ein bißchen rumgeschnüffelt und dort ein wenig gegraben, naja wie das Hunde nun mal gern so machen. Bis plötzlich etwa fünfzig Meter vor ihnen ein Kaninchen aufgetaucht war. Einen Moment lang war es ganz still gewesen. Das Kaninchen hatte aufrecht gesessen, die Löffel, so nennt man bei diesen Tieren die langen Ohren, nach oben gerichtet, und auch Wollknäul war wie versteinert stehen geblieben. Die rechte Vorderpfote angehoben, hatte er sein Gegenüber gebannt beobachtet.

Wie ein echter Jagdhund war Wollknäul stehengeblieben

'Wie ein echter Jagdhund!' hatte Leo staunend und nicht ohne Stolz gedacht. Wer weiß, wie lange sie allesamt noch in dieser starren Stellung verharrt hätten? Aber Edgar mußte ja unbedingt niesen. Anscheinend war ihm der frische Duft von Tannen und Moos so sehr zu Kopf gestiegen, daß er es einfach nicht mehr unterdrücken konnte.

“Haaatschiii!” hatte es durch den Wald gedonnert, und das war auch das Startzeichen gewesen. Denn im Nu war das Kaninchen losgesaust und nur Bruchteile von Sekunden später Wollknäul hinterhergeflitzt. Alles Rufen und Schreien war zwecklos gewesen.

Tja, und nun war er immer noch weg.

“Weiß der Geier, wie lange er hinter ihm hergerannt ist”, murmelte Leo und kratzte sich ratlos am Kopf. “Ob er es wohl gekriegt hat?”

“Du Spinni!” lachte Edgar. “Wollknäul ist zwar wirklich ein prima Hund, aber wie soll denn dieser kleine Kerl mit seinen kurzen Beinen einen solchen Raser wie dieses Karnickel einholen. Das ist doch gestartet wie eine Rakete!”

“Naja”, Leo zuckte leicht gekränkt mit den Schultern, “irgendwo muß er aber doch sein.”

Sein langer Freund nickte.

“Stimmt, so riesig ist der Wald ja nun auch wieder nicht.”

Ja, da hatte Edgar recht, riesig war das Waldstück, in dem die beiden schon so viele Nachmittage verbracht hatten, wahrhaftig nicht. Besser gesagt: nicht mehr.

Sicherlich war hier vor vielen Jahren alles drei- bis viermal so groß gewesen, aber da hatte es auch noch nicht so viele Straßen und Autobahnen gegeben wie jetzt. Leo mußte auf einmal an seinen Vater denken. Wie sagte er immer?

'Hier im Rhein-Main-Gebiet ist die Natur schon immer zu kurz gekommen! Früher, als ich noch ein Kind war, da gab's hier noch massenhaft Bäume, kleine Seen und tolle Schleichwege. Da hätte man Wochen gebraucht, um alles zu durchwandern!'

Trotzdem, an dem was übrig geblieben war, hing Leo doch sehr. Die vielen verschiedenen Bäume, die kleine Lichtung, an der man vom Hochsitz aus morgens in aller Frühe die Rehe beobachten konnte, der kleine Weiher, halt alles was es hier im Wald noch so gab.

Plötzlich riß ihn ein langgezogener Heuler aus seinen Gedanken.

"Wauuuuuu!"

Das war er! Das war sein Hund, der da heulte!

"Wollknäul, wo steckst du?!"

"Wauuuu!" kam die Antwort.

"Ich glaube, es kommt aus dieser Richtung!" rief Edgar und fuchtelte aufgeregt mit beiden Armen in der Luft rum. Sie rannten los. Das Jaulen wurde mit jedem Meter, den sie hinter sich ließen, lauter.

Was war bloß passiert, daß Wollknäul so ein Theater machte. Nach wenigen Minuten hatten sie ihn gefunden. Und der Anblick, der sich ihnen bot, verschlug ihnen die Sprache. Wie von Geisterhand gezaubert, standen sie auf einmal vor einem nicht endenwollenden Stacheldrahtzaun, so einem, wie man ihn ansonsten nur an Grenzen oder um Gefängnisse sieht. Aber der hier stand mitten im tiefsten Wald!

Leos kleiner Hund hatte sich im Stacheldraht regelrecht verfangen

Und in diesem Stacheldraht hatte sich Leos kleiner Hund regelrecht verfangen. Wahrscheinlich hatte er bei seiner Kaninchenjagd versucht, unter dem Zaun hindurchzukommen, und war dabei mit seinem lockigen Fell in den spitzen und gefährlichen Drahtrollen hängengeblieben.

Sofort machten sich Leo und Edgar daran, den kleinen Kerl vorsichtig aus seiner 'Falle' zu befreien.

"Was machst du auch für Sachen...", versuchte Leo zu schimpfen. Aber das klang nicht gerade besonders ernst, dazu war er wohl doch zu froh, ihn wieder gefunden zu haben. Wollknäul hatte Glück gehabt. Außer ein paar Kratz- und Schürfwunden sowie einigen Löckchen, die er am Stacheldraht eingebüßt hatte, war ihm nichts Schlimmeres passiert. Nachdem das die beiden erleichtert festgestellt hatten, beguckten sie sich jetzt erstmals richtig den Zaun, von dem beide mit Sicherheit wußten, daß der letzte Woche hier noch nicht gestanden hatte.

"Kapierst du das?" fragte Leo, doch der Lange schüttelte nur ratlos den Kopf.

"Was der hier mitten im Wald wohl soll? Was wollen die hier bloß absperren?"

Hm, und wer waren überhaupt *DIE?*

Leo und Edgar verstanden jedenfalls nur noch 'Bahnhof'. Da aber langsam die Sonne immer tiefer sank und es spätestens eine halbe Stunde später dunkel sein würde, beschlossen sie, des Rätsels Lösung erst am nächsten Tag auf die Spur zu gehen. Was war bloß im Gange?

Zu Hause, beim Abendessen, erzählte Leo aufgeregt sein Erlebnis vom Nachmittag, und die ganze Familie hörte aufmerksam zu. Leos Vater wußte anscheinend sofort, worum es ging.

"Verdammt, die Schnellstraße!" fluchte er und schlug mit der Faust auf den Tisch, daß die Teller und Gläser nur so hüpften. Frau Leichtsinn und Oma Olga zuckten zusammen.

"Horst, also sag mal...!"

Auch Leo war erschrocken. Nicht, weil es so laut gescheppert hatte, nein, so etwas konnte einen Leo nicht erschrecken. Aber die Tatsache, daß sein alter Herr sich überhaupt für einen Moment so gehen ließ, machte ihn stutzig. Das machte er nämlich ganz, ganz selten und nur, wenn ihn etwas mächtig aufregte. Bevor einer der drei Herren Leichtsinn überhaupt fragen konnte, was er eben gemeint hatte, legte dieser von sich aus los:

"Haben diese Spinnner denn immer noch

nicht genug? Die müssen doch aus der Vergangenheit einfach auch mal klug werden. Das gibt's doch gar nicht. Als wäre die 'Startbahn West' nicht schon schlimm genug!"

"Verdammt, die Schnellstraße!" fluchte Herr Leichtsinn und schlug mit der Faust auf den Tisch

Jetzt ahnte Leo, worum es ging. Auch wenn er noch nicht alles verstand, was es mit dem Begriff 'Startbahn West' auf sich hatte, das wußte er sehr wohl:

Damals hatten Politiker und irgendwelche *hohe Herren* vom Frankfurter Flughafen beschlossen, eine neue Bahn am Flughafen zu bauen, auf der dann die Düsenbrummer in Richtung Westen starten sollten. Zwar gab es schon zwei von solchen Startbahnen, aber, so sagten die Politiker und die hohen Herren, der Flughafen sei einfach zu klein geworden, deswegen müsse man unbedingt ausbauen.

Das wäre ja alles auch weiter gar nicht so schlimm gewesen. Aber dazu sollte in den Wald, der neben dem Flughafen ist, eine riesige Schneise geschlagen werden. Das bedeutete, daß über 400 000 Bäume gefällt werden sollten, und das war allerdings sehr schlimm.

Natürlich hatten viele, viele Menschen, die in der Umgebung des Waldes wohnten, etwas dagegen, daß man einen Teil dieses Waldes einfach kaputtschlagen wollte. Denn Wald gab es in ihrem Gebiet schon wenig genug. Außerdem wuchsen in diesem herrlichen Mischwald alle möglichen Laub- und Nadelbäume, die natürlich auch die verschiedensten Tiere beherbergten.

Zu allem Überfluß spendete dieser Wald den Menschen auch noch eine ganze Menge frischen Sauerstoff. Das war und ist in einer Gegend wie dem Rhein-Main-Gebiet, in dem es vor Abgasen nur so wimmelt, ganz besonders wichtig. Da war es den Leuten der Umgebung einfach ziemlich schnuppe, was die Herren Politiker und die Herren Chefs vom Flughafen alles erzählten, diesen Wald wollten sie so behalten, wie er war. Und so waren damals viele Tausende Tag für Tag in den Wald gegangen, um ihn dort zu beschützen. Trotzdem wurde die Startbahn einige Monate später gebaut, und die vielen Bäume mußten dafür sterben!

Wie so etwas möglich gewesen ist? Nun, die Herren Politiker hatte es eigentlich nicht besonders interessiert, daß die Leute dort ihren Wald gerne behalten wollten. Und als es ihnen zu bunt wurde, schickten sie einige tausend Polizisten in den Wald, die die Menschen dort einfach verjagten!

Das alles fiel Leo in diesem Augenblick ein, und es wurde ihm dabei ganz mulmig. Er schaute seinen Vater an.

“Vati, soll schon wieder was gebaut werden?”

Herr Leichtsinn schaute ihn ernst an und nickte kurz.

“Seit Jahren reden die schon von einer neuen Schnellstraße mitten durch den Wald. Aber das war halt nur Gerede. Und jetzt fangen die einfach klammheimlich damit an. Das ist eine Riesen...”

“Horst, bitte!” unterbrach ihn Frau Leichtsinn, die zwar die Wut ihres Mannes gut verstehen konnte, die es aber trotzdem nicht leiden mochte, wenn er fluchte.

“Morgen fahren wir zwei mit Edgar in den Wald, dann zeigt ihr mir die Stelle, okay?”

Am nächsten Mittag, als Leo und Edgar aus der Schule kamen, empfing sie Herr Leichtsinn schon, bevor sie das Haus überhaupt erst betreten hatten. Ungeduldig schubste er die beiden zu seinem Auto. Erst als sie im Wagen saßen und dieser schon losgefahren war, erklärte er seine Hast.

“Heute morgen haben sie im Radio durchgegeben, daß sie heute mit dem Bäumefällen anfangen wollen!”

Fassungslos schauten sich die beiden Freunde an. Jetzt sollte es also auch *ihrem* Wald an den Kragen gehen. *Ihrem* Wald, in dem sie so viele herrliche Abenteuer erlebt hatten. Leo fiel die Fuchsfamilie ein, die sie einmal gesehen hatten. Das war letzten Sommer gewesen. Edgar und er hatten in ihrer kleinen Festung gelegen, als sie plötzlich etwas rascheln hörten. Die Festung war eine Art Iglu, nur daß sie es nicht aus Schnee, sondern aus Unmengen von Zweigen, Ästen und dichten Gestrüpp gebaut hatten. Na, und als sie ihre Köpfe aus dem Eingang gesteckt hatten, da sahen sie ihren Besuch. Eine vierköpfige Fuchsfamilie hatte sie einen Mo-

Als sie die Köpfe aus ihrem "Iglu" gesteckt hatten, da sahen sie ihren Besuch

ment lang verdutzt angeschaut, um dann doch rasch das Weite zu suchen. Und obwohl es nur ein ganz kurzer Augenblick gewesen war, wußte Leo, daß er dieses Bild nie vergessen würde.

Jetzt aber saßen sie im Wagen seines Vaters und fuhren zum Wald, weil man dort mittendrin eine Straße bauen wollte. Mitten durch *ihren* heißgeliebten, herrlichen Abenteuerwald. Trotz des sonnigen Wetters wurde es Leo richtig kalt.

Als sie auf den Parkplatz am Waldrand fuhren, wunderten sich die beiden Freunde über die vielen Autos, die hier standen. Am Tag vorher, als sie mit Wollknäul hier vorbeigekommen waren, hatten hier höchstens zwei oder drei geparkt. Jetzt waren es über fünfzig. Sie waren kaum ausgestiegen, da empfing sie auch schon ein älterer, kleiner, dicker Herr, der aufgeregt, fast schon schreiend auf sie zugelaufen kam.

Da empfing sie auch schon ein älterer, kleiner, dicker Herr, der aufgeregt, fast schon schreiend auf sie zugelaufen kam

“Haben Sie schon gehört?” rief er, “das ist doch eine Uuuunverschämtheit. Eine Straße, mitten durch den Wald. Aber so einfach lassen wir uns das nicht bieten. Na warte, ich laß mich nicht vergackeiern...!”

Leo wußte nicht, ob er lachen oder sich fürchten sollte, als der kleine, dicke Mann um sie herumhüpfte. “Könnte ein Verwandter von Rumpelstilzchen sein”, flüsterte Edgar Leo zu. Aber so richtig zum Lachen war beiden eigentlich gar nicht zumute.

“Ja, ja, wir wissen schon Bescheid. Mein Sohn hat gestern den Zaun entdeckt”, antwortete Herr Leichtsinn dem Mann höflich.

Gemeinsam gingen sie nun durch den Wald bis zum Stacheldrahtzaun. Leo und Edgar stockte der Atem, als sie an die Stelle kamen, wo sie gestern noch Wollknäul aus seiner Falle befreit hatten. Fast an die hundert Leute standen da vor dem Zaun und redeten und riefen hektisch durcheinander. Nachdem sie sich an den Menschen bis zum Zaun vorbeigedrängelt hatten, sahen sie jetzt auch, was auf dessen anderer Seite vor sich ging. Da stand eine ganze Kolonne von Lastwagen, Planierraupen und PKWs. Die Laster waren wohl dazu gedacht, die Bäume, die hier gefällt werden sollten, abzutransportieren. Zwischen all den Fahrzeugen

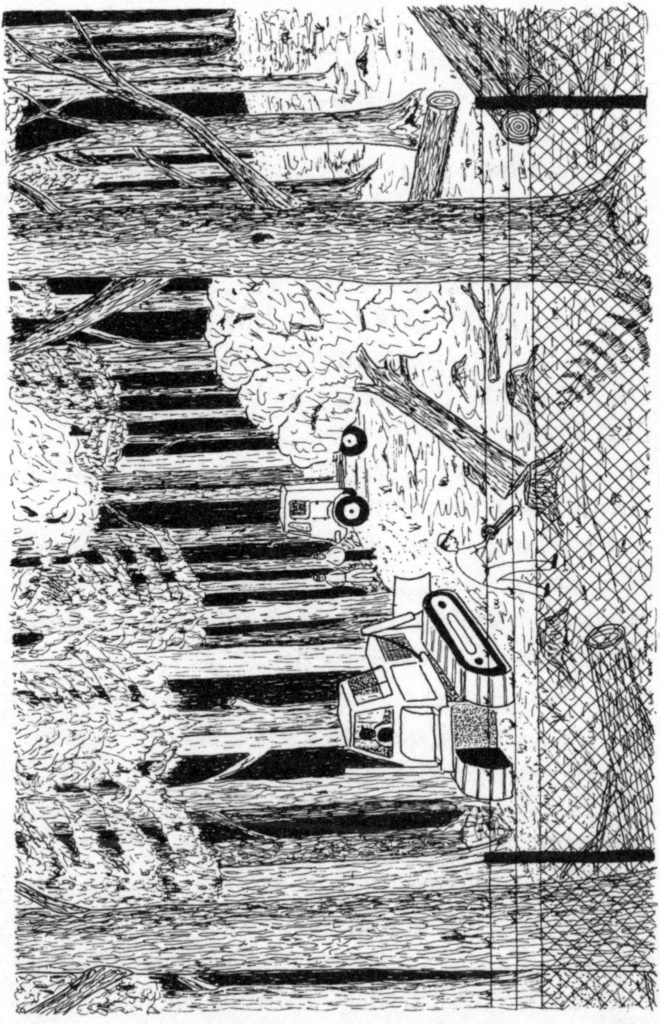

liefen etwa dreißig Männer mit gelben Helmen geschäftig umher, das mußten die Holzfäller sein. Einige Bäume lagen bereits gefällt auf der Erde.

Leo schien das alles wie ein böser Traum, doch so sehr er sich auch in den Arm kniff, er wachte einfach nicht auf. Dann übertönte das laute Schreien einer Motorsäge die Menschenstimmen, und nur kurz darauf fiel ein großer, blühender Ahornbaum zur Seite wie ein abgeknicktes Streichholz. Entgeistert starrten Leo und Edgar nun auf den gefällten Baum, der eben noch so stolz und aufrecht seine Krone im Wind geschaukelt hatte.

Eine junge Frau, die direkt neben Leo stand, begann zu schluchzen. "Ihr könnt doch nicht einfach..." Vor lauter Tränen brachte sie ihren Satz nicht mehr zu Ende. Auch der kleine, dicke Mann vom Parkplatz stand vorne am Zaun. Sein Kopf war in der Zwischenzeit so tief rot angelaufen, daß man die Befürchtung haben mußte, er würde jeden Moment platzen wie ein zu stark aufgeblasener Luftballon.

"Ja habt ihr denn gar kein schlechtes Gewissen?!" krächzte er mit heiserer Stimme. Mit *IHR* meinte er die Holzfäller, die auf der anderen Zaunseite ihre Arbeit verrichteten, als ginge sie das alles nichts an. Einer von ihnen, ein besonders kräftiger und großer, schaute den aufgeregten Mann fragend an, zuckte mit den Schultern und drehte ihm, ohne etwas zu antworten, einfach den Rücken zu.

In diesem Moment schreckte eine laute, schrille Autohupe die Menschenmenge auf. Leo stutze. Das war doch der Wagen vom Förster Knebel, der da jetzt unmittelbar vor dem Zaun hielt. Jetzt gingen die Türen auf, und hastig stiegen der Förster sowie ein Mann im dunkelblauen Anzug mit runder Brille und blonden lockigen Haaren aus. Und auch den kannte Leo, zumindest vom Sehen. Das war Dr. Klagemann, der Rechtsanwalt. Was der wohl hier wollte?

"Halt! Sofort aufhören! Die Arbeit sofort einstellen! Stop!" rief Förster Knebel und winkte dabei mit einem Blatt Papier, fast so, als sei es ein Taschentuch. Jetzt wurde es still auf dem Gelände. Die Leute hörten auf zu reden, die Motorsägen verstummten, und die Holzfäller blickten unsicher in Richtung Zaun und Förster Knebel. Ein schmächtiger und wohl auch schon älterer von ihnen kam jetzt an den Zaun.

"Ich glaube, das ist ihr Chef", hörte Leo jemanden flüstern.

"Hier, lesen Sie!" forderte der Förster den Holzfäller auf und hielt ihm das Papier durch den Zaun hin. “Und daß Sie’s gleich wissen, das hier ist Rechtsanwalt Dr. Klagemann. Der kann ihnen versichern, daß dieses Papier in Ordnung ist!” fügte er hinzu.

“Halt! Sofort aufhören!” rief Förster Knebel, der mit Rechtsanwalt Dr. Klagemann hastig zum Zaun lief

Der schmächtige Mann nahm das Blatt, blinzelte erst Förster Knebel, dann Dr. Klagemann mißtrauisch an und begann nun zu lesen. Als er damit fertig war, schaute er die beiden erneut an. Kopfschüttelnd las er es sich ein zweites Mal durch. Immer noch den Kopf schüttelnd, meinte er dann:

“Das kapiere wer will, ich kapier’s nicht.”

Er gab dem Förster das Papier zurück, blinzelte ihn und den Rechtsanwalt noch mal kurz mißtrauisch an und drehte sich dann zu seinen Arbeitern um.

“Ihr könnt die Arbeit einstellen, Männer! Feierabend, verstanden? Alles zusammenpakken!”

Einige Sekunden lang war es mucksmäuschenstill, doch was sich dann auf der Seite abspielte, auf der Leo und die vielen Leute standen, läßt sich kaum beschreiben. So ähnlich muß es jedenfalls in einem Fußballstadion zugehen, wenn die heimische Mannschaft das 1:0 geschossen hat. Die Menschen rissen die Arme hoch, riefen laut “Hurra”, fielen sich einander um den Hals, tanzten und hüpften in der Gegend herum. Bevor Leo sich versah, drückte ihm die junge Frau, die vor ein paar Minuten noch so geschluchzt hatte, einen dicken Kuß mitten auf seine Stupsnase. Einen Moment lang blieb er wie angewurzelt stehen, dann wischte er sich verlegen die Nase.

“Ihh”, brummelte er. Doch er hatte seine Nase noch nicht ganz trocken, da wurde er von

Bevor Leo sich versah, drückte ihm die junge Frau einen dicken Kuß mitten auf seine Stupsnase

hinten hochgehoben und kurz in die Luft geworfen. Das war sein Vater, der ihn jetzt auffing und ihm, bevor er sich versah, ebenfalls einen Schmatzer mitten auf seine leidgeprüfte Nase gab.

“Jetzt langt's aber mit der Knutscherei!” rief Leo und wischte sich zum zweiten Mal ab. Ängstlich schaute er sich um, ob nicht vielleicht noch jemand auf die grausame Idee kam, ihn küssen zu wollen. Dabei entdeckte er Edgar, der nur wenige Meter entfernt stand und sich vor lauter Lachen den Bauch hielt. Offensichtlich hatte er alles beobachtet.

'Der hat gut lachen' dachte Leo. Naja, wenigstens würde ihn sein langer Freund bestimmt nicht auf die Nase schmatzen.

Einige Stunden später saßen Leo, sein Vater und Edgar wieder im Leichtsinn'schen Wohnzimmer. Jetzt endlich konnte Leo seine Frage loswerden, was für ein Papier das eigentlich gewesen sei, das der Förster dem Holzfällerchef gezeigt hatte.

"Das war eine Gerichtsentscheidung, in der stand, daß der Bau einer Straße in diesem Waldgebiet nicht erlaubt werden könne."

"Und warum auf einmal nicht?" fragte Edgar.

"Weil sie nach mehreren Untersuchungen festgestellt haben, daß der Boden sich dort zum Bebauen auf keinen Fall eigne."

"Das heißt also, daß die Schnellstraße dort nicht gebaut werden darf, ja?"

"Genau das!" strahlte Herr Leichtsinn.

Leo wollte es nun aber doch ganz genau wissen.

"Wieso hat man es denn dann nicht von Anfang an verboten? Dann hätten die Holzfäller keinen einzigen Baum gefällt." Er mußte an den Ahornbaum denken.

"Tja Leo", seufzte sein Vater, "so ist das nun mal mit solchen Entscheidungen und Verboten. Das ist manchmal ein ganz schönes Hickhack. Da blickt unsereins einfach nicht mehr durch. Ich weiß auch nicht, warum das alles so lange gedauert hat. Na, auf alle Fälle haben wir noch mal Glück gehabt. Der Wald bleibt uns jedenfalls erhalten! Und wenn die Menschen hier nicht so einen Wirbel gemacht hätten, wer weiß, ob dann die hohen Herren überhaupt alles noch mal so gründlich überprüft hätten!"

Grinsend hob Leo Wollknäul hoch.

"Dann können wir ja bald wieder auf große Pirsch gehen, du gefährlicher Jagdhund, hm? Aber diesmal ohne Stacheldraht!"

Ja, dieser Gedanke schien auch Wollknäul gut zu gefallen. Und so kassierte Leo Kuß Nummer 3 an diesem Tag, denn bevor er sich wehren konnte, leckte ihm sein kleiner gefährlicher Jagdhund quer über die Nase!

Ein Neuer, die Klassenfahrt und jede Menge Aufregung

Teil 1: Roberto

Hui, herrschte an diesem Tag eine Unruhe im Klassenraum der 5c. Alles schwatzte und lief aufgeregt durcheinander.

"Ich will aber mit Anneliese in ein Zimmer!" kreischte die dicke Birgit, während Ali mit dem kleinen Joky heftig darüber stritt, wer von ihnen beiden denn nun das Bett am Fenster bekommen sollte. Irgendeiner im Gewühl kramte einen Groschen aus der Hosentasche, um einen Fensterplatz im Bus zu losen.

Nun, liebe Leseratte, sicherlich hast Du längst erraten, was das Gesprächsthema Nr. 1 der 5c–Schüler an diesem Vormittag war. Richtig, eine Klassenfahrt ins Landschulheim stand bevor. Und nun also gab es tausendundein Problemchen zu lösen. Problem*chen* wohlgesagt, denn wirklich wichtig war es sicher nicht zu wissen, ob es dort zum Essen nun Pfefferminz– oder Hagebuttentee zu trinken gab oder ob in einem Zimmer drei oder vier Betten standen.

Trotz alledem, die zweiundzwanzig Kinder waren so sehr mit ihren Planungen beschäftigt, daß sie kaum bemerkten, wie Fräulein Globus, die Klassenlehrerin, zur Tür hereinkam. Auch der dunkelhaarige Junge, der hinter ihr das Klassenzimmer betrat, wurde zunächst kaum wahrgenommen.

"Guten Morgen!" sagte Fräulein Globus und schaute etwas nervös in die Runde. "Guten Morgen!" wiederholte sie sich, allerdings schon etwas lauter. Jetzt endlich stellten die ersten Grüppchen ihre Gespräche ein, um sich der Lehrerin und dem fremden Jungen zuzuwenden. Nur ganz hinten ging es weiter lautstark zu, denn da waren Leo, Edgar, Manfred, Freddy und Sabine so sehr miteinander beschäftigt, daß sie überhaupt nicht bemerkten, wie es um sie herum immer stiller wurde. Grund ihrer hitzigen Auseinandersetzung war Sabines Vorschlag gewesen, während des Landschulaufenthalts auch mal eine ausgiebige Nachtwanderung zu unternehmen. Leo und Edgar waren bei dieser Idee sofort Feuer und Flamme gewesen, dennoch war so ein Marsch durch die Nacht nicht jedermanns Sache.

Manfred und Freddy fanden die Vorstellung, anstelle im warmen Bett zu liegen durch den dunklen, kalten Wald zu laufen, richtig grausam. Die Geschmäcker sind eben verschieden, und so war es auch diesmal.

Fräulein Globus wurde es nun zu bunt.

“Freddy, würdest auch du bitte mal zur Ruhe kommen!” rief sie.

“Ich glaube bei dir piept es, du olle Dampfnudel!” schallte es ihr entgegen.

“Was..wiebit..?” Der jungen Frau mit den langen braunen Haaren und dem immer etwas strengen Blick verschlug es die Sprache. Hatte sie eben einer ihrer Schüler wirklich eine ’olle Dampfnudel’ genannt? Empört schlug sie mit

Plötzlich landete der Lange bei Anneliese auf dem Schoß

dem Klassenbuch auf ihr Pult, daß es nur so knallte.

“Freddy!”

Erschrocken drehte sich der Dicke um und schaute sie an, als wäre sie das Krümelmonster persönlich.

“Oh, Fräulein Globus, Sie sind ja schon da... ähm... Entschuldigung...”

“Freddy, was hast du da eben zu mir gesagt?”

Nun war er total verwirrt.

“Ich hab’ gesagt ’Entschuldigung’.”

“Nein, das meine ich nicht. Ich meine das davor!”

“Davor?” Nun sah er aus wie ein menschliches Fragezeichen. “Davor habe ich... ähm... also eigentlich nichts, Fräulein Globus.”

“Freddy, du hast mich eben laut und deutlich eine ’olle Dampfnudel’ genannt!”

“Was?!” Jetzt verschlug es zur Abwechslung ihm die Sprache.

“Tu nicht so, ich habe es genau gehört!”

Freddy begann zu schwitzen, als säße er im dicken Wollpulli in einer Sauna.

“Ja aber..ja aber, das hab’ ich doch zu Sabine gesa... also, aber doch nicht zu Ihnen... zu Sabine habe ich ’dalle Ompfnudel’ gesagt!”

“Du meinst ’olle Dampfnudel’!” Mißtrauisch

blinzelte sie erst ihn und dann Sabine an. “Stimmt das, Sabine, hat er das zu dir gesagt?”

Diese nickte eifrig.

“Ja, damit hat er mich gemeint. Ehrlich!”

Einen Moment lang war es nun mucksmäuschenstill. Dann atmete alles auf, denn die Klassenlehrerin schien Sabine und Freddy zu glauben.

“Na schön, da habt ihr nochmal Glück gehabt”, murmelte sie.

Rasch setzte sich alles auf seinen Platz. Das heißt, rasch wäre wohl etwas übertrieben, denn in der Hektik rannten Freddy und Edgar so unglücklich aneinander, daß der Dicke einen Stuhl umriß, während der Lange plötzlich bei Anneliese auf dem Schoß landete. Alles kicherte. Solche Situationen waren natürlich etwas für Ali, der eigentlich Albrecht hieß und der nur zu gerne einen seiner frechen Kommentare abgab.

“Also, Edgar, ist das vielleicht dein Platz?”

Klar, daß nun erst recht alles feixte und lachte.

“Halt'n Mund, du Eumel”, brummte Edgar leicht sauer und rappelte sich wieder auf.

“Ruhe jetzt, zum Kuckuck!” Erneut knallte Fräulein Globus das Klassenbuch auf ihr Pult. Allmählich beruhigten sich alle.

Kein Wunder, so energisch hatte man die Lehrerin lange nicht mehr erlebt.

“Wenn sie weiter so mit dem Buch auf den Tisch donnert, haut sie es glatt noch in tausend Fetzen”, flüsterte Joky Ali zu. Der grinste. “Das wäre doch toll. Dann wüßte niemand mehr, wieviele Einträge ich schon habe.”

Fräulein Globus war nun wieder die Ruhe selbst.

“So, bevor wir die Einzelheiten zu unserer Fahrt besprechen, möchte ich euch jemanden vorstellen. Sie stellte sich neben den Jungen

“Das hier ist Roberto de Salva!”

und legte ihm behutsam die Hand auf die Schulter.

“Das hier ist Roberto de Salva, und er ist ab heute Schüler der 5c!”

Ein Neuer also. Sofort begann alles zu tuscheln.

“Ruhe bitte!” Streng sah sie ihre Klasse an. “Robertos Eltern sind Italiener, er selbst aber ist in Deutschland geboren. Er und seine Familie sind erst vor wenigen Wochen zu uns nach Dreilinden gezogen. Alles weitere könnt ihr ihn ja später selber fragen. Gerade auf unserer Klassenfahrt werdet ihr ja genügend Zeit und Gelegenheit haben, ihn richtig kennenzulernen. Roberto spricht sehr, sehr gut unsere Sprache, Verständigungsschwierigkeiten wird es also keine geben. So, und jetzt zu unserer Fahrt...”

In der Pause war das Palaver erneut riesengroß. Die große Reise und Roberto waren ja wirklich Gesprächsstoff genug.

Edgar, Leo und Freddy stürzten sich sofort auf den Neuen und überschütteten ihn mit Fragen.

“Was denkst du, Roberto, wo wird besser Fußball gespielt, hier oder in Italien?” wollte Leo wissen.

“Hast du den Papst schon mal live gesehen”,

fragte Edgar, währenddessen Freddy viel mehr interessierte, was es außer Pizza und Spaghetti noch alles an Leckereien in Italien zu essen gab. Fragen über Fragen, und der kleine Italiener hatte Mühe, sie alle, eine nach der anderen, zu beantworten. Auf alle Fälle war er froh, gleich Kontakt gefunden zu haben.

Doch nicht alle reagierten so freundlich auf Roberto wie die drei Freunde.

“Also, ich weiß nicht...”, meinte Birgit schnippisch, “ich kann Ausländer einfach nicht leiden!”

“Warum denn nicht?” fragte Sabine erstaunt, die neben ihr saß und genüßlich einen Apfel verdrückte. “Ich finde, er sieht sehr nett aus!”

“Pah, hör' sich das einer an, sehr nett – daß ich nicht lache! Erstens stinken die Ausländer, und zweitens nehmen sie den Deutschen nur die Arbeit weg!”

Sabine hätte sich beinahe verschluckt.

“Wer hat dir denn das erzählt?”

“Na, mein Vater sagt das!”

Sabine mußte lachen.

“Aha, und wenn dir dein Vater morgen erzählt, daß er nächste Woche mit seinem Auto über die Milchstraße fahren wird, dann glaubst du das wohl auch?”

Birgit war nun etwas unsicher, mit solch einer Antwort hatte sie nicht gerechnet.

"Und sie stinken doch, und damit basta!" zischte sie trotzig.

Sabine, die einen ausgesprochenen Gerechtigkeitssinn hatte, regte Birgits Gerede nun langsam aber sicher auf.

"Jetzt will ich dir mal was sagen, liebe Birgit. Es kann schon sein, daß es unter den Leuten, die aus anderen Ländern kommen, auch solche gibt, für die das Wort 'Seife' ein Fremdwort ist, aber deswegen kannst du doch nicht einfach sagen, daß *alle* stinken!"

"Na ja, vielleicht nicht alle, aber..."

Sabine war nun richtig aufgeregt.

Sabine regte Birgits Gerede nun langsam, aber sicher auf

"Nix aber, ich fahre jeden Morgen mit der Straßenbahn hierher zur Schule. Und jeden Morgen stinkt es in dieser Straßenbahn total muffig, obwohl da fast nur Deutsche mitfahren. Total muffig! Komisch, gell?"

Ohne eine Antwort abzuwarten, ließ sie Birgit einfach stehen und ging schnurstracks auf das Grüppchen zu, das sich um Roberto gebildet hatte. Birgit schluckte. Innerlich kochte sie fast über. Wer geglaubt hatte, daß sie sich Sabines Worte ein wenig zu Herzen nehmen würde, der hatte sich getäuscht. Nichts haßte Birgit mehr, als wenn jemand anderes das letzte Wort hatte.

"Na warte, das zahl' ich dir heim... und diesem blöden Italiener erst recht!" fluchte sie leise, und es klang fast wie der Schwur eines Revolverhelden in einem Wildwestfilm.

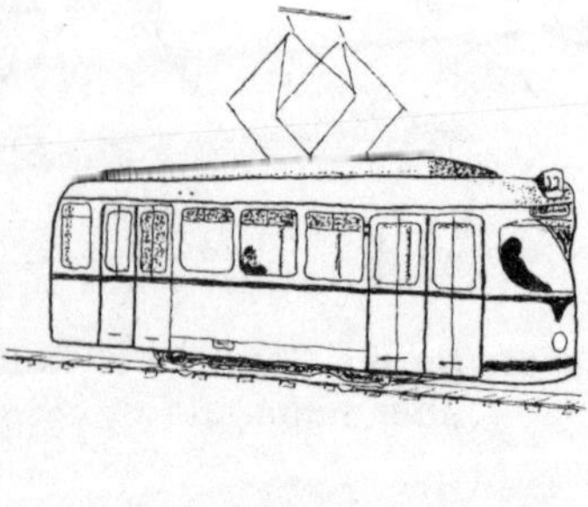

Teil 2: Es geht los

Montag morgen endlich konnte es losgehen. Treffpunkt zur Abfahrt war direkt vor der Schule, wo bereits ein großer, grünweißer Bus auf die Kinder wartete. Viele von ihnen hatten vor lauter Aufregung kaum schlafen können, und das war ja auch kein Wunder. Schließlich war es für die 5c die allererste Klassenfahrt überhaupt.

"Schaut mal, Leo hat ja Reisefieber!" hatte Oma Olga am Frühstückstisch lachend festgestellt, als ihr Enkel vor lauter Vorfreude unruhig auf seinem Stuhl hin- und hergerutscht war und keinen einzigen Bissen herunter bekam.

Ach so, wo es überhaupt hingehen sollte, wirst Du wissen wollen: Ziel unserer kleinen Reisegesellschaft war ein herrlich gelegenes Landschulheim mitten im Odenwald.

Außer den Kindern und Fräulein Globus stieg übrigens noch jemand in den Bus, sehr zu Leos Freude. Das war nämlich der Sportlehrer der Klasse, Herr Bennewitz. Denn laut Vorschrift mußten mindestens zwei Erwachsene die Schüler auf ihrer Fahrt begleiten. Wie gesagt, Leo war es nur recht, denn Sport war ja bekanntlich sein absolutes Lieblingsfach und

Herr Bennewitz sein absoluter Lieblingslehrer. Wo der war, würde der Sport bestimmt nicht zu kurz kommen! Zufrieden bei diesem Gedanken ließ sich Leo tief in den großen Bussessel rutschen. Dann warf der Fahrer endlich den Motor an, die Kinder winkten ihren Eltern durch die Scheibe ein letztes Mal zu, und los ging's!

Schon nach wenigen Kilometern fiel Leo auf, daß Edgar, der neben ihm saß, merkwürdig still blieb. Seit der Abfahrt hatte er kein einziges Wort mehr geredet.

“Hey, Langer, stimmt was nicht?”

Edgar starrte ihn an, ohne irgendetwas zu sagen. Leo wurde etwas ungeduldig.

“Sag mal, du sprichst wohl nicht mehr mit jedem?”

Leise, sehr leise murmelte Edgar etwas von Busfahrt und Übelkeit, und endlich verstand Leo, warum sein Freund so still und auch so kreidebleich war.

“Dauert ja nur anderthalb Stunden”, tröstete er ihn. “Das packst du schon!”

Dennoch rutschte er ein Stückchen von Edgar weg – man konnte ja nie wissen...

Nach knapp neunzig Minuten war das Ziel erreicht. Lärmend stürmten die Schüler der 5c aus dem großen Fahrzeug. Nur zwei blieben noch einen Moment lang ganz ruhig sitzen. Der eine war Edgar, dessen Gesichtsfarbe den zarten Ton von Milchreis angenommen hatte und der sich nun ganz, ganz langsam erhob. Der andere war Herr Hörner, der Busfahrer. Ihm stand der Schweiß noch im Gesicht. Eigentlich war er ja das Kutschieren von Schulklassen gewohnt, aber so etwas wie die Fahrt mit der 5c hatte er doch noch nicht erlebt.

Zuerst hatte sich Freddy neben ihn auf den Beifahrerstuhl gesetzt und ihm eine dicke Käse–Vollkornstulle angeboten. Nachdem Herr Hörner dankend abgelehnt hatte, hatte Freddy diese Stulle und noch weitere sechs(!) in solch einer Geschwindigkeit verdrückt, daß der Mann am Steuer das Gefühl nicht loswurde, nur vom Hinschauen gleich platzen zu müssen. Kurz nach Freddys Stullenshow schienen Ali und Joky den Gang zwischen den Sitzen mit einem Fußballfeld verwechselt zu haben und hatten mit ihrem kleinen Tennisball wie wild hin und her gekickt.

Kaum hatte Herr Bennewitz das Match im Gang unterbunden, war es die dicke Birgit gewesen, die dieser Fahrt die Krone aufsetzte. Leise war sie auf allen Vieren nach vorne gekrabbelt, um ganz plötzlich aufzuspringen und mit lautem "Uhaa!" Herrn Hörner fast zu Tode zu erschrecken. Daß dieser dabei vor lauter

Schrecken nicht in einen Graben gefahren war, das war wohl mehr Glück als Verstand gewesen. Hatte eigentlich nur noch gefehlt, daß ihm eins der Kinder von hinten die Augen zuhielt, um dann mit verstellter Stimme zu fragen: "Kukkuck, wer bin ich?!"

"Uhaa!" rief Birgit und erschreckte Herrn Hörner fast zu Tode

Nun ja, das war zwar nicht passiert, aber Herr Hörner war auch so ganz schön geschafft.

Edgar schlurfte nun mit kleinen Schritten zur Bustür. Draußen angelangt, holte er erstmal tief Luft. Sofort ging es ihm ein wenig besser.

Nachdem Herr Hörner die Gepäckklappen geöffnet und alle Kinder ihre Koffer hatten, wurden die Zimmer gestürmt, und natürlich gab es jetzt ein riesiges Gerangel, wer wo mit wem in den nächsten zehn Tagen wohnen sollte.

Leo teilte sich schließlich mit Edgar – das war ja wohl klar – sowie Freddy und Roberto ein Vierbettzimmer. Aus dessen Fenster, so stellte Leo begeistert fest, hatte man einen herrlichen Ausblick auf den nur hundert Meter entfernten Waldrand sowie den direkt davor liegenden Sportplatz.

"Das werden bestimmt zehn Super-Huper-Duper-Tage!" rief er und klatschte Freddy, der

Freddy fiel vor Schreck in seinen großen Reisekoffer

rade mit dem Kofferauspacken begann, übermütig auf den Allerwertesten, so daß dieser vor lauter Schreck das Gleichgewicht verlor und kopfüber in seinen großen Reisekoffer fiel!

Die ersten Tage verliefen eigentlich ohne irgendwelche nennenswerte Ereignisse. Morgens gab Frl. Globus oder Herr Bennewitz, der nicht nur Sport–, sondern auch Kunstlehrer war, im großen Gemeinschaftsraum einige Stunden Unterricht, danach gab es Mittagessen, und der Nachmittag war in der Regel frei. Jeder konnte dann tun und lassen, was er wollte.

Den ersten Zwischenfall gab es Freitag abend. Leo, Edgar und Roberto hatten den ganzen Nachmittag Fußball gespielt und trotteten nun völlig verschwitzt in ihr Zimmer.

“Puh, jetzt erst mal unter die Dusche”, stöhnte Edgar und schnappte sich Seife und Handtuch.

“Ja, nix wie ins kühle Naß”, nickte Roberto.

“Aber..., hm... komisch, wo sind denn meine Seife und mein Shampoo?”

“Vielleicht hast du sie heute morgen im Waschraum liegengelassen”, entgegnete Leo, der wartend in der Tür stand.

“Nein, ganz bestimmt nicht”, murmelte Roberto und wühlte in seinem Koffer. “Nanu, was ist denn das?” ... Auf einmal hielt er einen Zettel in der Hand. “So eine Gemeinheit”, zischte er, nachdem er ihn gelesen hatte, und vor Wut stiegen ihm die Tränen in die Augen.

“Zeig mal...” Leo nahm ihm den Zettel aus der Hand und las:

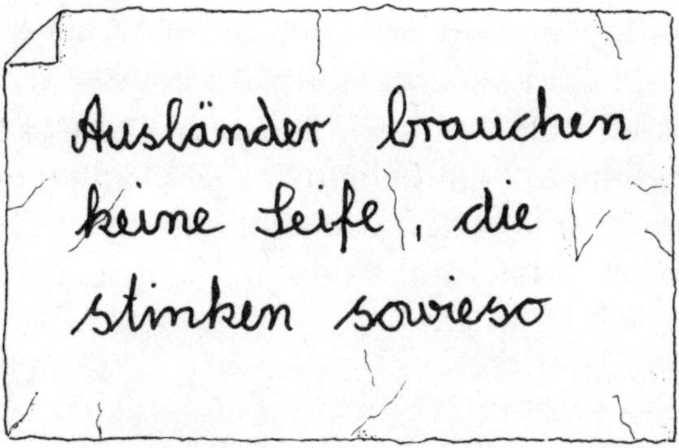

Leo schüttelte fassungslos den Kopf. Wer konnte denn nur so fies sein?

“Komm Roberto, du kannst erst mal meine Seife mitbenutzen. Und deinen Kram, den bekommen wir schon wieder!”

Doch anstatt den “Täter” herauszufinden, wurden die Angriffe von Tag zu Tag gemeiner. Dauernd bekam Roberto eins ausgewischt. Mal mußte er stundenlang seine Schuhe suchen, ehe er sie völlig verschnürt im Papierkorb wiederfand, mal hatte jemand Senf auf seinen Stuhl im Essenssaal geschmiert und einmal gar hatte man ihm einen ganzen Eimer Wasser übers Bett geschüttet. Alles war so klitschnaß, daß er letztendlich bei Leo im Bett schlafen mußte. Roberto war restlos verzweifelt.

"Ich habe doch niemandem etwas getan", seufzte er und verstand die Welt nicht mehr.

Freddy schlug vor, die ganze Sache mit Fräulein Globus und Herrn Bennewitz zu besprechen, aber das wiederum wollte Roberto trotz allem auf gar keinen Fall. So wußten also nur die vier von den Gemeinheiten gegen Roberto. Und der Täter selbst natürlich...

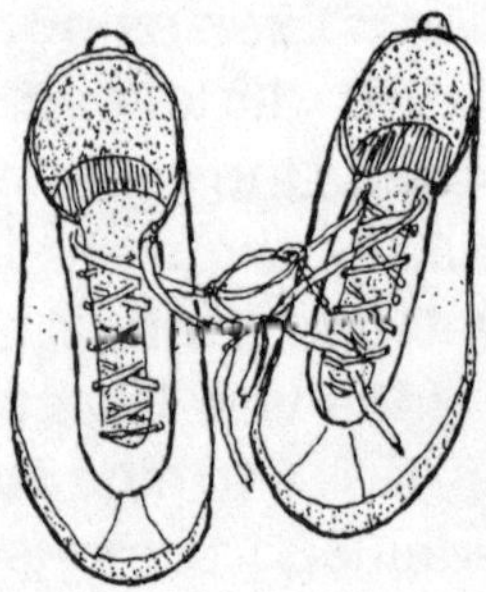

Teil 3: Die Nachtwanderung

Am achten Tag ihres Aufenthalts stand endlich die von vielen sehnlichst erwartete Nachtwanderung auf dem Programm.

"Um zehn Uhr vor dem Essenssaal. Wer aber glaubt, daß er um diese Zeit schon zu müde ist, muß nicht mitgehen, sondern kann ruhig schon schlafen gehen", hatte Frl. Globus beim Mittagstisch gesagt. Aber zu müde schien keiner der 5cler zu sein, denn kurz vor dem verabredeten Zeitpunkt waren fast alle versammelt. Selbst Freddy, der daheim noch absolut gegen solche körperlichen Anstrengungen gewesen war, stand nun mit Taschenlampe und in dikkem Anorak vor dem Essenssaal und wartete darauf, daß es losging. Natürlich durfte er nicht so zeigen, daß er sich jetzt doch darauf freute, denn sonst hätten die anderen ja womöglich denken können, daß er nicht wisse, was er eigentlich wolle. Also sagte er laut und in besonders gelangweiltem Ton:

"Na, das wird ja was geben!" verzog dabei sein Gesicht wie 1000 Tage Regenwetter und schüttelte schließlich noch den Kopf.

So, nun hatte wohl jeder gesehen, wie wenig

Lust er hatte.

Auch Leo, Edgar und Roberto warteten unruhig, daß es endlich losging. Es war halt doch etwas anderes, in der dunklen Nacht durch den noch dunkleren Wald zu laufen als am hellichten Tag. Allerdings war es jetzt dafür auch ziemlich kühl.

“Puh, ich glaub’, ich hol’ mir doch lieber noch meine Jacke”, schnaufte Roberto, und mit einem “...bin sofort wieder da!” sauste der kleine Italiener davon. Als er eine Minute später in das Zimmer hineinstürmte, wo er mit Leo, Edgar und Freddy hauste, blieb ihm vor lauter Schreck und Verblüffung die Spucke weg. Denn da stand jemand vor seinem Schrank, hielt in der einen Hand seine Jacke, in der anderen eine Schere und war anscheinend gerade dabei, ihm die Ärmel abzuschneiden. Und dieser Jemand war niemand anderes als die dicke Birgit! Einen Moment lang starrte sie ihn an, als wäre er ein Wesen von einem anderen Planeten.

Langsam gewann Roberto seine Stimme wieder.

“Also du warst das die ganze Zeit!”

Birgit blieb immer noch wie angewurzelt stehen.

“Kannst du mir vielleicht mal sagen, was du eigentlich gegen mich hast?... Warum gerade

ich? Ich habe dir doch gar nichts getan!"

Entschlossen ging er auf Birgit zu, die jetzt plötzlich wie ein Pudding zu zittern anfing. Roberto blieb einen Meter vor ihr stehen.

"Du sollst mir sagen, was das alles soll! Warum wolltest du meine Jacke kaputtschneiden?"

Rasch legte sie Jacke und Schere auf einen Stuhl neben Robertos Bett.

"Weil du... du... na ja... weil du...", stotterte sie, ohne einen richtigen Satz herauszubringen. Was sollte sie denn jetzt auch sagen? Sollte sie sagen: 'Ich hab' dir Senf auf den Stuhl geschmiert, deine Seife geklaut und das Wasser übers Bett geschüttet, weil du Italiener bist?'

Roberto schien zu ahnen, warum Birgit ihm all diese gemeinen Streiche gespielt hatte.

"Du magst keine Ausländer, stimmt's?"

Unsicher schaute Birgit auf den Boden. Dann nickte sie.

"Und warum nicht?"

Sie zuckte mit den Schultern. Eigentlich wußte sie das selbst nicht so genau. Aber wo es doch auch so viele Erwachsene gab, die dauernd auf die Ausländer schimpften oder sich gerne Witze über sie erzählten. Er unterbrach ihre Gedanken.

"Ich glaube, die anderen warten auf uns. Laß uns lieber gehen."

Ängstlich starrte sie ihn an. Was würde er jetzt mit ihr machen? Würde er die ganze Sache Fräulein Globus erzählen?

'Mein Gott, die schickt mich bestimmt sofort nach Hause und bestellt außerdem meine Eltern in die Schule', überlegte sie und begann erneut zu zittern. Roberto selbst würdigte sie keines weiteren Blickes mehr. Wortlos zog er seine Jacke an und ging nach draußen. Völlig verwirrt dackelte sie ihm hinterher.

Nun, Birgits Befürchtungen traten nicht ein. Roberto tat so, als wäre nie etwas geschehen, und erzählte weder Leo noch Edgar noch sonst jemandem davon, daß er Birgit erwischt hatte. Birgit selbst kapierte überhaupt nichts mehr. Warum hatte er sie nicht verraten? Irgendwie brachte sie das völlig durcheinander. Sollte ihr Vater, der daheim immer so auf die Ausländer schimpfte, vielleicht doch nicht recht haben? Überhaupt, *die* Ausländer, das klang immer so, als seien alle gleich, genauer gesagt – alle gleich schlecht. Nein, also von Roberto konnte man das doch nicht so einfach sagen; vielleicht sollte man doch jemanden erst mal kennenlernen, bevor man einfach schlecht von ihm redete. Wer weiß schon, wie sich jemand anderes verhalten hätte, wenn er sie erwischt hätte. Viele der deutschen Kinder hätten sie bestimmt verpetzt!

Auch wenn Birgit es nicht richtig wahrhaben wollte – die Gemeinheiten fingen an, ihr leidzutun.

Die Nachtwanderung, auf die sich die Kinder so gefreut hatten, dauerte für Leo und seine Zimmerkumpanen wesentlich kürzer, als sie es eigentlich gedacht hatten. Denn sie waren noch keine halbe Stunde unterwegs, als der kleine Joky auf die tolle Idee kam, heimlich einige hundert Meter vorauszurennen. Dort wollte er auf die anderen warten, um dann als Nachtgespenst auf den Weg zu springen, um seine Klassenkameraden zu erschrecken. Nachdem er also einige Minuten Vorsprung hatte, suchte er am Wegrand nach einem geeigneten Platz für seinen 'Überfall'. Damit er auch möglichst furchterregend aussah, zog er sich nun noch seinen Rollkragenpulli über den Kopf.

Was er jetzt aber trotz hellem Vollmond nicht mehr sehen konnte, war die Tatsache, daß es neben dem Weg ziemlich steil nach unten ging. Bevor er sich versah und ehe er sich irgendwo hätte festhalten können, purzelte er auch schon die Böschung hinunter. Das wäre ja vielleicht halb so schlimm gewesen. Aber am Ende seiner unfreiwilligen Rutschtour wartete ein kleiner Bach auf ihn, dessen Wasser man nicht

Da saß also unser kleines Nachtgespenst und jammerte, was das Zeug hielt

gerade als warm bezeichnen konnte, und so saß also unser kleines Nachtgespenst im kalten Bach und jammerte, was das Zeug hielt. Nachdem ihn Edgar und Herr Bennewitz aus seinem 'Versteck' befreit hatten, stellte sich die

Frage, wer Joky zurück zum Landschulheim begleitete. Denn eins war klar; Joky war naß bis auf die Haut und hätte sich bei dieser Temperatur aller Wahrscheinlichkeit nach recht ordentlich erkältet. Also mußte er zurück. Aber allein – nee, so mutig war der Klassenkleinste nun auch wieder nicht.

Schließlich bot Edgar an, auf den Rest der Nachtwanderung zu verzichten und Joky zurückzubegleiten. Das wiederum tat Leo leid, und so schloß er sich Edgar an. Naja, und da war es für Roberto und Freddy doch Ehrensache, daß sie ebenfalls umkehrten. Und damit war die Nachtwanderung für die vier genauso gelaufen wie für das nasse kleine 'Nachtgespenst'.

Zwei Tage später stand Herr Hörner mit seinem großen dicken Bus wieder vor dem Landschulheim. Denn jetzt hieß es für die 5cler Abschied nehmen. Abschied vom herrlichen Odenwald, Abschied von ihren 3- oder 4-Bett-Zimmern und – das war bestimmt das wichtigste – Abschied von ihren ersten Tagen ohne Eltern!

Die Rückfahrt verlief übrigens wesentlich ruhiger als die Hinfahrt. Zu sehr waren alle mit den letzten Tagen beschäftigt und zu sehr wohl auch mit ihrer Vorfreude auf daheim. Denn, wenn es auch niemand zugegeben hätte: ein bißchen Heimweh hatten sie alle, die Kinder der 5c.

Ein Spielplatz wie er uns gefällt

DREILINDNER KURIER S. 4

NEUER SPIELPLATZ WIRD ERÖFFNET

Bürgermeister Wimmich gibt am Freitag, den 5. um 15.00 Uhr, persönlich den neuen Spielplatz an der Ecke Brunnenstraße/Rhönstraße seiner Bestimmung frei. Der Spielplatz, der die Stadt runde 10.000 DM gekostet hat, ist für Kinder bis 14 Jahren geeignet.

Eigentlich hatte Leo nur aus Langeweile lustlos im Dreilindner Kurier rumgeblättert und war deswegen mehr zufällig auf diesen kurzen Artikel gestoßen, aber der interessierte ihn wirklich.

“Ein neuer Spielplatz, aha”, murmelte er und suchte nach möglichen Fotos oder sonst irgendeinem Hinweis, was auf diesem Spielplatz denn alles geboten würde. Er fand aber nichts, außer eben diesen paar Zeilen.

“Bis 14 Jahre. Bin ja mal gespannt.”

Keine zehn Minuten später stand er bei Edgar vor der Tür, um ihm die Neuigkeit mitzuteilen, doch der Lange war nicht zu Hause.

“Ich weiß auch nicht, wo er wieder steckt”, meinte Frau Osterwold achselzuckend. “Kann sein, daß er bei seinem Onkel ...”, sie unterbrach lächelnd, “na, das wirst du ja selbst sehen.”

“Hm?” Leo kapierte überhaupt nichts. Was würde er selbst sehen, und was hatte das mit dem Onkel auf sich? Leo machte sich wieder auf den kurzen Heimweg. Gerade wollte er bei sich das Gartentor öffnen, als plötzlich ein vertrauter Pfiff ertönte. Ohne sich umdrehen zu müssen, wußte er, daß das nur sein bester Freund sein konnte. Schon kam dieser auf seinem Fahrrad angesaust.

Man mußte Edgar nicht zweimal anschauen, um ihm anzumerken, daß er irgendeine Überraschung parat hatte. Er feixte über das ganze Gesicht.

"Grüß dich, Leo."

"Na, du" antwortete Leo und schaute ihn abwartend an. "Wo warst du denn?"

"Ich habe für meinen Onkel Handzettel in die Briefkästen geworfen, tausend Stück. Du weißt doch, der macht nächste Woche in der Fußgängerzone sein neues Geschäft auf."

"Ja, das hast du irgendwann mal erzählt. Aber was is'n das für ein Laden?"

"Ein Geschäft für Clownsnasen."

Leo mußte lachen.

"Spinni, red keinen Blödsinn. Sag schon ..."

"Also schön". Edgar guckte ganz angestrengt ernst.

"In dieses Geschäft können die Leute mit ihrem Käse kommen und sich Löcher reinmachen lassen. Und nicht nur das! Sie können dort sogar Löcher in die Wurst bekommen."

Leo boxte Edgar leicht in den Arm.

"Du hast Dir wohl auch ein Loch machen lassen, nämlich in Deine Birne. Also raus mit der Sprache."

"Na schön". Edgar zögerte kurz.

"Er eröffnet ein Sportgeschäft."

Boing –, das saß, denn wer Leos Sportbesessenheit kannte, wußte, daß ihn das natürlich brennend interessierte.

"Och komm! Ein richtiges Sportgeschäft?"

“Ja, ein richtiges Sportgeschäft mit allem Drum und Dran.” Wieder zögerte er kurz. “Und meine Belohnung fürs Zetteleinwerfen habe ich auch schon.”

Mit diesen Worten nahm er eine Tragetasche vom Gepäckträger, schüttelte sie, und heraus kam ein nagelneuer, knallorangefarbiger Fußball, der nun vor Leo auf der Straße tanzte. So einen Ball hatte dieser noch nie gesehen. Der leuchtete so grell, daß ihm fast die Augen zu flimmern begannen.

“Mensch, Edgar, der ist ja Spitze”, flüsterte

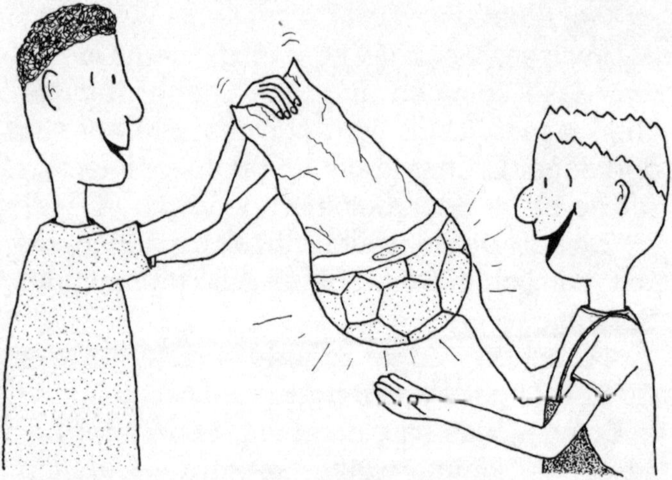

Heraus kam ein nagelneuer, knallorangefarbener Fußball

Leo wie verzaubert." Der war bestimmt unbezahlbar."

"Paß lieber auf, daß kein Auto drüberfährt", lachte Edgar, der sich über den weit aufgerissenen Mund und die großen Augen seines Freundes hätte kaputtlachen können.

"Mensch, Edgar, das ist ja ein Huper–superduper–Ball", jauchzte Leo und hielt das Leder jetzt in den Händen, als wäre es aus reinem Gold.

"Sowas hätten wir uns nie leisten können. Dafür hätte ich auch eine Million Zettel ausgetragen".

"Na, mir haben die tausend Stück gereicht", seufzte der Lange. Edgar wurde etwas nachdenklich.

"Jetzt müssen wir nur noch einen guten Platz finden, wo wir das Ding auch mal so richtig ausprobieren können."

Da hatte er natürlich recht, denn das war in Dreilinden gar nicht so einfach. Natürlich gab es hier eine Sportanlage mit drei Fußballplätzen, aber auf die durfte man nur dann, wenn man Mitglied im Verein war, und das waren weder Leo noch Edgar. Klar, daß sie es trotzdem mal probiert hatten, aber damals war schon nach wenigen Minuten der dicke Platzwart gekommen und hatte sie verjagt. Jui, war der in

Fahrt gewesen. Tja, ungerecht war das schon. Aber zu machen war da trotzdem nichts.

Damals war schon nach wenigen Minuten der dicke Platzwart gekommen und hatte sie verjagt

Die einzige Möglichkeit war eigentlich nur das *Plätzchen,* ein kleiner Bolzplatz, der etwas abseits der Stadt lag. Der war zwar nicht besonders groß, aber besser als nichts. Das Problem hierbei war aber, daß er oftmals schon besetzt war, wenn Leo und seine Freunde dort auftauchten, was ja auch weiter kein Wunder war. Und solche Probleme gab es nicht nur für die Fußball- oder Sportbegeisterten. Überhaupt gab es, wie in vielen Städten, nur wenige Möglichkeiten, irgendwo so richtig spielen zu können. Leo hatte es da sogar noch gut, weil er mit seiner Familie in einem Haus mit Garten lebte, auch wenn der nicht besonders groß war und man auf die Blumenbeete aufpassen mußte. Außerdem gingen er und Edgar des öfteren in den nahegelegenen Wald, da konnte man auch so einiges erleben. Das aber durften zum Beispiel viele andere Kinder nicht. Besonders die Mädchen hatten da oftmals unter den großen Ängsten ihrer Mütter und Väter zu leiden. Sicher, das war meistens ja nur gut gemeint, aber daran, daß sich auch Mädchen gern mal nach Herzenslust austoben wollen, änderte das deswegen noch nichts.

Wie bereits gesagt, das war alles gar nicht so einfach.

Da fiel Leo ein, was er vorhin gelesen hatte. Vielleicht hatten sie beim Bauen des neuen Spielplatzes auch mal an so etwas gedacht. Er erzählte Edgar davon, und die beiden beschlossen, am kommenden Freitag zur Eröffnung zu radeln.

Freitag, Punkt Viertel vor drei, machten sich die beiden Freunde auf den Weg. Unterwegs holten sie noch Sabine ab, die genauso gespannt auf den neuen Kinderspielplatz war wie sie. Zehn Minuten später hatten sie ihr Ziel erreicht. An die fünfzig, sechzig Leute, viele Kinder, aber auch eine ganze Reihe Erwachsene, standen dicht gedrängt am Rand des Platzes. So dicht, daß die drei zunächst außer Menschen gar nichts sehen konnten. Sie hatten sich noch nicht ganz nach vorne gedrängelt, da hörten sie eine tiefe Stimme feierlich sagen:

"Und hiermit gebe ich den neuen städtischen Kinderspielplatz seiner Bestimmung frei. Möge er allen Kindern viel Spaß und Freude bereiten!"

Leo, der als erster nun ganz vorne stand, sah gerade noch, wie ein dicker, kleiner Mann mit einer Schere ein Band durchschnitt, dann klatschte alles. Aha, das also war Herr Wimmich, der Bürgermeister. Irgendwie hatte er ihn sich, trotz der vielen Fotos in der Zeitung, ganz anders vorgestellt. Vor allem nicht so dick und auch etwas größer.

Nun verteilte sich die Menge, denn jetzt durfte man den Platz ja endlich auch betreten. Edgar und Sabine standen neben Leo und schauten sich neugierig um. Aber was sie da sahen, konnte sie nun wirklich nicht begeistern. Erstens war das alles doch viel kleiner, als sie es erwartet hatten, und zweitens war hier nichts, was ihren Wünschen auch nur ein bißchen ent-

Leo sah gerade noch, wie ein kleiner, dicker Mann mit einer Schere ein Band durchschnitt, dann klatschte alles

sprach.

“Für Kinder bis 14 Jahre”, lachte Edgar. Aber das war kein richtiges Lachen. Dazu gab es ja auch keinen Grund.

“Das ist doch was für Kleinkinder, aber nichts für uns!” schimpfte Sabine. Leider hatte sie völlig recht.

Mit einer Wippe, einer zwei Meter hohen Rutschbahn, einem Sandkasten, einem Klettergestell und zwei Schaukeln konnte man nun wirklich keinen Elf- oder Zwölfjährigen mehr hinter dem Ofen hervorlocken.

“Ich will ja nicht sagen, daß ich schon erwachsen bin, aber für Eimerchen und Sandkuchen fühle ich mich schon ein bißchen zu alt”, meinte Leo zornig. Ein Mann, der hinter ihnen stand und wohl alles mit angehört hatte, lachte albern und meinte nur: “Ja, ja, man wird alt, hoho!”

Aber alles was er für diesen *Scherz* erntete, waren wütende Blicke der drei. Manchmal kapierten Erwachsene auch überhaupt nichts. Ohne ein weiteres Wort traten sie den Heimweg an.

Abends war Leo immer noch reichlich wütend und enttäuscht. Appetitlos knabberte er fast zehn Minuten an seinem Brot, ohne daß das viel weniger wurde. Da Herr und Frau

Leichtsinn sowie Oma Olga schon Bescheid wußten, warum ihr Sprößling so ein zitronensaures Gesicht zog, ließen sie ihn einfach in Ruhe. Wie hätte man ihn jetzt auch trösten sollen. Der neue Spielplatz war nun mal genauso blöde für einen Zehnjährigen wie all die anderen Spielplätze es meistens auch waren. Selbst der Gedanke an die *rasende Apfelsine,* wie Edgar und er ihren neuen Ball getauft hatten, konnte ihn nicht aufheitern.

"Dieser doofe Bürgermeister hatte keine Ahnung! Der ist ...!"

"Leo, bitte!" unterbrach ihn seine Mutter. Dieses Fluchen konnte sie bei allem Verständnis nicht ausstehen.

"Das hat er nur von dir", sagte sie und schaute vorwurfsvoll ihren Mann an. Der tat so, als hätte er nichts gehört. Nun mischte sich Oma Olga ins Gespräch ein.

"Hat der überhaupt Kinder?"

"Wer?"

"Wer? Na der Bürgermeister."

"Ja, in der Zeitung stand schon mal was von einem Sohn. Aber ich glaube, der studiert schon", antwortete Herr Leichtsinn kauend. Oma Olga zog ein bißchen die Augenbrauen hoch.

"Naja, kein Wunder, daß er sich nicht richtig

in Kinder hineinversetzen kann, wenn sein Sohn schon so erwachsen ist".

Da tat es in Leos Kopf geradezu einen Knall. Egal wie Oma das gemeint hatte – das war die Idee!

Bereits am nächsten Morgen auf dem Schulhof erzählte Leo Edgar, Freddie, Sabine, Jogi und Ali von seinem Plan. Ali lachte und tippte sich an die Stirn.

“Die lassen uns doch gar nicht zu dem.”

Sabine war da etwas zuversichtlicher.

“Wir können's doch mal versuchen.”

Das stimmte, einen Versuch war es mindestens wert, was sie da vorhatten.

Am nächsten Nachmittag war es so weit. Aufgeregt standen die sechs in der Eingangshalle des Rathauses, in dem ein übergroßes Stadtwappen hing, das richtig furchterregend aussah. Neugierig kam der Portier hinter seinem Schalter mit den vielen Telefonen und tausend Knöpfen heraus.

“Na, wo wollt ihr denn hin?”

Leo räusperte sich.

“Ähm, wir möchten bitte den ... ähm ... den Bürgermeister sprechen.”

Der Portier schaute ihn an, als hätte Leo ihn zum Boxkampf aufgefordert.

“So, so, nur den Herrn Bürgermeister also.”

Neugierig kam der Portier hinter seinem Schalter heraus

Er wurde ernst. “Ich glaube aber kaum, daß er Zeit für euch hat.”

“Es ist aber wichtig!”

“Ja, ja, heutzutage ist alles wichtig.”

In diesem Moment huschte ein großer, magerer Mann an ihnen vorbei.

“Moment mal, Herr Rabenseifer, Momentchen bitte”, rief der Portier. Der Hagere mit dem ulkigen Namen blieb stehen. Offensichtlich war er in Eile und ärgerte sich, daß ihn jemand aufhielt.

“Was ist denn Schulze?” zischte er.

“Entschuldigen Sie, Herr Rabenseifer, aber

diese Kinder hier wollen zu Herrn Wimmich, und da sie doch sein Vertreter sind, da dachte ich ..."

Herr Rabenseifer kam jetzt näher.

"Was wollt ihr denn vom Bürgermeister?"

Diesmal faßte sich Sabine ein Herz.

"Wir möchten mit ihm über die Spielplätze reden."

"Moment mal, Herr Rabenseifer, Momentchen bitte", rief der Portier

"Ihr habt doch erst vor wenigen Tagen einen neuen bekommen."

"Ja, darum geht es ja." Sabine blieb tapfer. "Der ist nichts für uns, der ist mehr was für Kleinere".

Der Hagere verzog sein Gesicht.

“Aha, der ist also nichts für euch. Sehr schön. Und nun sollen wir, weil ihr sechs hier aufkreuzt und euch beschwert, womöglich noch einen Spielplatz bauen, oder wie.”

“Ähm, nein ähm, also wir wollen uns nicht beschweren, sondern ...”

Diesmal war es Edgar, der dem Vertreter des Bürgermeisters erklären wollte, worum es ihnen eigentlich ging, aber dem schien schon längst der Geduldsfaden gerissen zu sein.

“Ich glaube, wir brechen diesen Unsinn hier lieber ab. Wegen sechs Kindern kann ich ja wohl kaum das ganze Rathaus zur Besprechung zusammentrommeln. Schulze, bringen Sie unsere Gäste bitte zur Tür!” Damit drehte er sich um und verschwand mit schnellen, großen Schritten.

Als sie wieder draußen vor dem Rathaus standen, waren alle sechs kreidebleich. Mit so einer Abfuhr hatten sie nun doch nicht gerechnet. Nicht einmal richtig angehört hatte sie jemand. Niedergeschlagen setzten sie sich auf eine Bank und blieben dort fast zwanzig Minuten sitzen, ohne ein Wort zu verlieren.

Leo fing sich als erster. Immer noch tönte ihm der Satz in den Ohren: *Wegen sechs Kindern kann ich ja nun kaum das ganze Rathaus zusammentrommeln.* Mehr zu sich, als zu seinen Freunden murmelte er:

“Wenn sechs zu wenig sind, dann müssen es halt mehr sein.”

Schließlich waren sie ja nicht die einzigen, die in ihrer freien Zeit oft nicht wußten wohin.

“Hört mal”, sagte er nun laut, und zum zweiten Mal weihte er seine Freunde in seinen neuen Plan ein ...

Zwei Tage später passierte es. Bürgermeister Wimmich saß, wie so oft, hinter seinem großen Schreibtisch, als das Telefon klingelte.

“Hier Wimmich, was gibt's denn?” meldete er sich.

“Hier Schulze. Herr Bürgermeister, könnten Sie vielleicht einmal herunter kommen, es ist dringend, wirklich dringend!”

Der Portier klang äußerst aufgeregt.

Herr Wimmich war etwas verwirrt. Wenn ihn jemand sprechen wollte, warum schickte man ihn dann nicht zu ihm nach oben in sein Büro? Ob etwas passiert war?

Unten am Aufzug empfing ihn der Portier mit knallrotem Kopf.

“Schaun Sie nur, draußen vor der Tür.”

Mit eiligen Schritten bogen beide um die Ekke in Richtung Eingang. Der Anblick, der sich

"Hier Wimmich, was gibt's denn?"
meldete sich der Bürgermeister

dem Bürgermeister da bot, verschlug auch ihm, dem sonst so redegewandten Politiker, die Sprache. Denn draußen vor der gläsernen Eingangstür standen an die 100 Kinder! Zwei von ihnen hielten ein großes Bettlaken in die Luft, das sie an zwei Stöcken befestigt hatten. Darauf stand: "Wir wollen einen Spielplatz, wie er uns gefällt!"

Einen Moment lang starrte der Bürgermeister fassungslos auf das, was ihm wie ein böser Traum erschien. Dann aber fand er die Sprache wieder. Schließlich war er ja hier der Chef.

Der Anblick, der sich Herrn Wimmich bot, verschlug ihm, dem sonst so redegewandten Politiker, die Sprache

“Schulze, gehen Sie hin und sagen Sie, daß eine Abordnung von denen zu mir ins Büro kommen soll. Ich werde mit ihnen reden.”

Kurz darauf saßen Leo und Sabine in zwei großen Stühlen Herrn Wimmich direkt gegenüber. Geduldig hörte er ihnen zu, auch das von Herrn Rabenseifner erzählten ihm die beiden.

“Davon hör ich jetzt zum ersten Mal”, murmelte er, und Leo war nicht so ganz sicher, ob das stimmte. Nachdem die beiden alles erklärt hatten, stand er auf und lief mit kleinen Schritten hinter seinem Sessel auf und ab.

“Na gut, nehmen wir mal an, wir beschließen hier im Rathaus, daß wir noch einen Spielplatz bauen, der euch und euren Freunden besser gefällt. Dann weiß ich immer noch nicht, wo wir in Dreilinden überhaupt noch Platz haben.”

Leo wußte es.

“Am Stadtrand, wo die alte Fabrik liegt. Daneben ist ein toller großer Platz, da könnte man wirklich was draus machen.”

Als die beiden wieder aus dem Rathaus kamen, war die Spannung natürlich groß.

“Was hat er gesagt, Leo?”

“Bekommen wir nun einen neuen Spielplatz, oder nicht?”

“Erzähl schon!”

“Seid doch mal ruhig!” rief Leo. Allmählich

wurde es still.

“Also, er hat es zwar nicht versprochen, aber er will es versuchen.”

Wenn auch jetzt kein großer Jubel ausbrach, so waren doch alle erst mal zufrieden. Vielleicht würde der Bürgermeister ja Wort halten. Am nächsten Tag konnte man in jeder Zeitung, selbst in den größeren, von ihrem Rathausbesuch lesen. Nun sprachen auf einmal alle über etwas, was zuvor – außer die Kinder – niemand interessiert hatte. Ab und zu mußte man halt doch ein bißchen nachhelfen.

Drei Wochen vergingen, ohne daß irgend etwas bekannt wurde. Doch dann platzte die Bombe. Leo balgte gerade im Wohnzimmer mit Wollknäul herum, als sein Vater, der im Sessel Zeitung las, sich auf die Oberschenkel schlug, daß es nur so knallte.

“Das ist ja in tolles Ding! Mensch, Junge, ihr habt's wirklich geschafft!”

Leo konnte es zunächst kaum glauben. Aber da stand es schwarz auf weiß im Dreilindner Kurier:

Nach zehn langen Verhandlungen hat der Magistrat der Stadt Dreilinden beschlossen, auf dem Gelände der ehemaligen Seifenfabrik Buck und Söhne einen Abenteuerspielplatz zu errichten, der vor allem größeren Kindern (10 bis 14 Jahre) zur Verfügung stehen soll.

"Das ist ja ..., das ist ja", Leo brachte vor lauter Aufregung keinen richtigen Satz mehr zustande. Sein Vater lächelte.

"Du meinst, das ist Huper–duper–super, nicht wahr?"

Leo balgte gerade im Wohnzimmer mit Wolknäul herum

Nach wenigen Tagen schon begannen auf dem Platz die Bauarbeiten. Was hier schon ganz anders war als bei allen Spielplätzen, die davor gebaut wurden: Die Kinder durften mitbestimmen, mitbauen. – Klar, daß sie diese Möglichkeit nutzten. Von Tag zu Tag nahm der ehemals so häßliche Platz immer mehr Form und Gestalt an. Zusammen und mit Hilfe der städtischen Arbeiter wurden die schönsten Hütten gezimmert und die tollsten Phantasiegeräte aus Holz und alten Autoreifen gebastelt. Außerdem wurde, zu Leos und Edgars Begeisterung, auch ein kleiner Kickplatz mit festen, stabilen Holztoren angelegt, und sogar eine Feuerstelle aus dicken Steinen gab es da, an der man in Zukunft auch mal Würstchen oder Kartoffeln grillen würde. Kurzum, dies wurde ein Spielplatz nach dem Geschmack der Kinder.

Dann war da noch Opa Dill. Das war ein älterer Herr, genauer gesagt ein Rentner. Der fühlte sich aber noch gar nicht zu alt zum Arbeiten, und deswegen hatte er angeboten, tagsüber auf dem Spielplatz ein bißchen aufzupassen, daß nichts passiert. Schließlich hatte Opa Dill selbst fünf Kinder groß gezogen. Das konnte allen nur recht sein. Den Herren von der Stadt, den Eltern und den Kindern selbst auch. Opa Dill war nämlich nicht nur sehr lieb, sondern auch ganz schön gewitzt und konnte stundenlang die tollsten Geschichten erzählen.

Nach vier Wochen Arbeit war der neue Spielplatz fertig. Und weil für alle feststand, daß er besonders schön war und den Kindern diesmal

Von Tag zu Tag nahm der ehemals so häßliche Platz immer mehr Form und Gestalt an

wirklich gefiel, sollte er auch einen ganz besonderen Namen erhalten.

Doch das mit dem besonderen, tollen Namen für den Spielplatz war schwerer, als sie sich das vorgestellt hatten. Denn jeder hatte eine andere Idee und war sicher, daß sein Vorschlag der beste sein mußte. Ob *Phantasien, Kruschelberg* oder *Huperdupersuper–Platz* – (Wer hatte das wohl vorgeschlagen?) – es wurden die verrücktesten Sachen vorgeschlagen, aber niemand konnte sich entscheiden.

Am Tag der großen Einweihung, zu der Kinder, Eltern, sowie ein paar der hohen Rathausherren gekommen waren, sogar Herr Rabenseifer war mit Bürgermeister Wimmich erschienen, sorgte ein Zufall dafür, daß der neue Platz endlich einen Namen erhielt.

Schuld daran war Oma Olga. Als sie nämlich den Spielplatz mit all seinen Hütten, seinen phantasiereichen Spielgeräten und dem ganzen Drumherum sah, sagte sie laut:

“Also, daß das so toll geworden ist ..., also nee ..., also Kinder, da kann ich nur sagen Donnerwetter!”

Da schaltete Edgar sofort.

“Jetzt weiß ich, wie wir's nennen!”

Sofort erzählte er es allen anderen, und alle fanden diesen Vorschlag wirklich prima. Und so hieß ihr Spielplatz von diesem Tag an, so wie er heute immer noch heißt: "Donnerwetter–Land!"

Gleich ist Schluß

Hey, Du, Momentchen mal! Ich bin's, der Leo! Hör mal, was ich Dir noch sagen wollte: Schreib dem Hendrik doch mal was zu dem Buch. Du, ganz ehrlich, der freut sich riesig! Den hättest Du mal erleben sollen, als nach dem ersten Leo-Leichtsinn-Buch Hunderte von Briefen kamen. Du, der war ganz aus dem Häuschen, so hat ihn das begeistert. Jeden Brief hat er gelesen und fast alle beantwortet. Was ihm besonders gefallen hat, waren die ganz ehrlichen Briefe, in denen Kinder auch mal gesagt haben, was ihnen nicht so gefallen hat. Logo, daß er sich auch über Lob freut. Das tut doch wohl jeder, oder? Naja, ich find das schon manchmal toll, wenn mir jemand sagt, daß ich etwas gut gemacht habe. Ach, fast hätt ich es vergessen: Wenn Du ihm wirklich schreibst und Dein Geburtsdatum angibst, dann schickt der Buchverlag Dir einen *Klebe-Leo.* Das ist so ein Aufkleber, da bin ich drauf abgebildet. Irre, gell?

Wenn Du aber keine Lust zum Briefeschreiben hast und trotzdem so einen Aufkleber willst, reicht es auch, wenn Du einfach eine Postkarte schickst, auf der das Stichwort *Kle-*

be–Leo steht.

Oh, oh, dazu fällt mir noch etwas ein: Nach dem letzten Buch hat das mit den Aufklebern unheimlich lange gedauert. Der Chef hier und der Hendrik haben mir gesagt, daß ihnen das wahnsinnig leid tut und daß die Dinger jetzt ruckzuck verschickt werden. Also diesmal klappt's bestimmt!!!

So, und nun wollt ich Dir nur noch sagen, daß ich mich auch über Post von Dir freuen würde. Daß Du's nur weißt!

Aber ich muß jetzt weg. Ich will nämlich mit Edgar die *rasende Apfelsine* endlich mal ausprobieren. Eigentlich wartet er schon seit zehn Minuten auf unserem neuen Bolzplatz auf *Donnerwetter–Land,* aber na ja, er wird schon nicht versauern. Sind ja immer genug von uns draußen. Komm Du doch auch mal vorbei, wenn Du Lust hast. Also, ich hau ab. Tschüüüs!

Hier die Adresse, an die Du schreiben mußt:

bioverlag gesundleben

8959 Hopferau–Heimen, Haus Nr. 50

“Tschüüüs!”

Leo Leichtsinn

Band 1, Best.-Nr. 83038

von Hendrik Nachtsheim, 120 Seiten

Frau Dr. Chr. Koch empfahl im Frauenfunk der Studiowelle Saar 1982 dieses Buch mit folgenden, auszugsweise wiedergegebenen Worten:
Hier werden die Erlebnisse und Erfahrungen des zehnjährigen Leo in sieben Geschichten erzählt und zwar so lebhaft und lustig, daß es einem selber Spaß macht und die Kinder laut lachen müssen. Die Themen: gesunde Ernährung, Umweltschutz, Naturheilkunde und Werbung zeigen den pädagogischen Ansatz, der erhobene Zeigefinger fehlt jedoch.
Die Geschichte vom gemeinsamen Spielen und Unrat-Einsammeln im Wald habe ich bei meinen Kindern zum Anlaß genommen, aus dem Aufräumen des Gartens von all' den verstreuten Autos, Flugzeugen und Bällen auch ein Spiel zu machen - die Motivation war gegeben.
Ein Buch, das Anregungen gibt, Dinge anspricht und vielleicht auch schon in diesem Alter eine Hilfe zur Auseinandersetzung mit unserer Welt in ihrer jetzigen Form gibt.

Weitere Bände sind in Vorbereitung !

Das große
Bio – Kinder – Kochbuch

Best.-Nr. 84148

von Helma Danner, 180 bunte Seiten

Dieses besondere Kochbuch für Kinder enthält eine große Anzahl leckerer und leicht verständlicher Rezepte, nach denen Kinder und Jugendliche gerne kochen und backen.
Viele lustige und erklärende Zeichnungen erleichtern die Arbeit. Zur besseren Übersicht sind alle Koch- und Backzutaten für jedes einzelne Rezept auf ein Regal gezeichnet. Das besondere jedoch an diesem Kochbuch sind die naturbelassenen Zutaten, an die sich die Kinder spielerisch gewöhnen. Wenn Sie mit der Ernährungsumstellung Ihrer Kinder Schwierigkeiten haben sollten – lassen Sie sie doch einmal selbst etwas zubereiten.

Das o.k. Buch

1000 Chancen für Deinen Erfolg

Best.-Nr. 82188

von Carin M. Mackenbach und
Nicolaus B. Enkelmann
138 Seiten, viele Zeichnungen

Haben Sie Kinder oder Enkel zwischen 10 und 16 Jahren? Die unentschlossen und desinteressiert

wirken? Denen Sie gerne Hilfe zur Selbsthilfe geben möchten? Dann ist dieses Buch für Ihre Kinder bzw. Enkel genau das Richtige.
Es enthält praktische Tips die Kraft der Gedanken kennenzulernen und sich zunutze zu machen. Der Jugendliche lernt Ziele zu setzen, die Zeit sinnvoll zu planen und durch Zusammenklang von Geist, Körper und Seele der Mensch zu werden, der er bestimmt ist zu sein.

Die Kinder vom Sernftal

Best.-Nr. 85038

von R. M. Linde, 154 Seiten, mit einem Vorwort von Dr. M. O. Bruker

In dem vorliegenden Buch ist es gelungen, gleichermaßen für Eltern und Kinder den Menschen als Ganzes darzustellen und anhand von einfachen Beispielen zu zeigen, wie das Denken und die Ernährung den Menschen beeinflussen. Besonders ansprechend sind die zahlreichen Darstellungen aus der Natur, die dem heutigen Menschen schon so fremd geworden sind.

bioverlag gesundleben

8959 Hopferau - Heimen Nr. 50